2.–

ullstein

Das Buch

Die Auenlandschaft des Iori-Flusses nahe der georgisch-aserbaidschanischen Grenze ist ein ganz besonderer Ort. Nicht nur lassen sich dort Vögel, Reptilien und Säugetiere aller Art bestens beobachten, die Gegend ist auch voller Geschichten von den eigensinnigen Menschen, die dort leben oder gelebt haben. Da wäre etwa der, den sie den König nannten, er lebte mit einem buntgemischten »Hofstaat« in den Höhlen der nahen Berge und hielt in den Neunzigerjahren die Bevölkerung mit seinem Treiben in Atem. Seinem Vater, dem Herrn, gelang es in den Wendejahren, einen beträchtlichen Teil der Ländereien in seinen Besitz zu bringen, sein Name hat hier noch immer Gewicht, auch wenn er nach einem tragischen Vorfall das Haus nicht mehr verlassen hat. Nicht zu vergessen Ahmed, der einäugige Schafhirte im Dienste des Herrn, wobei *dienen* nicht ganz das richtige Wort ist, zu groß ist seine Autorität, die er im Umgang mit den Tieren erlangt hat.
All diesen Menschen und noch vielen mehr begegnen der Georgier und sein englischer Kunde auf ihrer Reise durch die Iori-Auen, ihre Geschichten und die raue Landschaft, in der sie spielen, vermitteln das Bild einer ganz eigenen Welt am Rande Europas.

Der Autor

Archil Kikodze, Jahrgang 1972, ist ein georgischer Autor, Fotograf, Regisseur, Schauspieler und Naturführer. Für seine Erzählungen und seine Arbeit als Fotograf wurde er vielfach ausgezeichnet. Für den Erzählband *Die Geschichte von einem Vogel und einem Mann*, aus dem wir die titelgebende Novelle veröffentlichen, erhielt er den Saba-Literaturpreis. Außerdem ist bei Ullstein sein Debütroman *Der Südelefant* lieferbar.

ARCHIL KIKODZE

Die Geschichte von einem Vogel und einem Mann

Erzählung

Aus dem Georgischen
von Natia Mikeladse-Bachsoliani

Ullstein

Besuchen Sie uns im Internet:
www.ullstein-buchverlage.de

10.–14. Oktober 2018
FRANKFURTER BUCHMESSE
Ehrengast Georgien

GEORGIAN NATIONAL BOOK CENTER

FSC
www.fsc.org
MIX
Papier aus verantwortungsvollen Quellen
FSC® C083411

The book was published in the frames of the program Georgia the Guest of Honour country at the 2018 Frankfurter Buchmesse with the support of the Georgian National Book Center and the Ministry of Culture and Sport of Georgia.

Deutsche Erstausgabe im Ullstein Taschenbuch
1. Auflage September 2018

Titel der georgischen Originalausgabe:
The Story of a Bird and a Man (Fiesta, Tblissi)
Umschlaggestaltung: bürosüd° GmbH, München
Titelabbildung: www.buerosued.de
Gesetzt aus der Quadraat Pro powered by pepyrus.com
Druck und Bindearbeiten: CPI books GmbH, Leck
ISBN 978-3-548-29100-0

1. Der König

Als wir oben am letzten Festungsturm angelangt sind, treffen wir die Kinder wieder. Nun sitzen sie in der Falle und es gibt für sie kein Entrinnen. Den Lehrerinnen ist es offensichtlich gelungen, sie an dieser engen, grasüberwachsenen Stelle zu sammeln. Bergauf hatten sie uns mit fröhlichem Geschrei überholt und uns im Vorbeigehen zugewinkt – »Hello!« Irgendwie hatten sie es geschafft, sich an uns vorbeizuschlängeln und auf dem schmalen und steilen Pfad den Berg hinaufzurennen. »Hello!«

Nicht nur die Kinder halten mich für einen Ausländer, sondern auch ihre keuchenden Lehrerinnen. Die Ärmsten haben sich für den Ausflug extra schick gemacht und stöckeln nun mit ihren High Heels mühsam den Hang hinauf. Sie bemühen sich, die vorwegströmenden Kinder durch ihre Rufe zu zügeln.

Damit ihnen dieser Ausflug auf die *Chornabudschi-Festung* ja nicht zum Verhängnis wird; damit nicht eines der ihnen anvertrauten und über die Felsvorsprünge davonrennenden Kinder irgendwo abstürzt. Sie schreien, flehen und drohen.

Doch all ihre Mühe ist vergebens. Wer kann Kinder schon einholen, sie zügeln?

Viel weiter können wir auch nicht gelangen und richten uns gleich dort ein, am Rande der kleinen Aussichtsplattform. Ich bin mit Stativ, Teleskop, Fernglas und zwei Fotoapparaten vollgehängt und lade nun eins nach dem anderen ab. Außer einer Wasserflasche und einer Canon habe ich nichts Eigenes dabei. Alles gehört meinem alten Engländer, es ist sein Hobby. Er ist auch mit zur Festung aufgestiegen. Ich habe gewusst, dass er das schaffen würde. Beim beschwerlichen Aufstieg hat er sich am Gras und den Dornenhecken festgehalten und immer wieder eine Pause eingelegt. Woher nimmt er bloß seine Kraft, der verschrumpelte Mann, dessen dürre Beine aus den weißen Shorts ragen? Keine Ahnung, ich wusste nur, dass er das schaffen würde, so wie alle anderen Höhen, die wir in den letzten zehn Tagen bestiegen haben. Was bleibt ihm anderes übrig, es ist ein bergiges Land, mit Auf und Ab. Wenn man was sehen will, muss man hochsteigen.

Wir bauen alles auf, und die Kinder interessieren sich viel mehr für das Teleskop als die Erzählungen ihrer Lehrerin. Hier haben sie aber keine Chance, irgendwohin zu entwischen.

»Was ist das für ein Vogel?« Der Engländer zeigt zum Himmel und reicht mir das Fernglas, ehe er richtig verschnauft hat.

»Ein Zwergadler.« Ich erkenne ihn auch ohne Fernglas. Die habe ich schon öfters hier gesehen.

»Stimmt, sieht so aus ...« Und ob das stimmt! Die Kinder können kaum abwarten zu sehen, was wir mit unserem Teleskop und Fernglas beobachten und wonach wir suchen. Mir hängt das Beobachten schon zum Halse raus. Am liebsten würde ich auf der Stelle ein Nickerchen machen. Die Sonne scheint mild, und es ist weder heiß noch kalt. In der Nähe zirpt eine Grille und unten im Tal fließt der Alasani im Einklang mit der monotonen Stimme der Lehrerin, die den Kindern vom blutgetränkten Land der Vorfahren erzählt und dem hohen Preis für den Erhalt der eigenen Nation, des Glaubens und der Bräuche. Es sind drei Lehrerinnen. Während eine erzählt, zischen die anderen zwei. Sobald die Kinder von einer Unruhe- oder Flüsterwelle erfasst werden, fauchen sie sehr komisch. *König Wachtang*, *Königin Tamar* und der Held *Giorgi Saakadse* – alles wohl bekannte Protagonisten. Und noch etwas: *König Teimuras* hatte wohl die Oberhäupter der Familie Dschawachischwili im Verlies der Chornabudschi-Festung gefangen gehalten. Das war mir auch nicht bekannt. Interessant, was sie wohl verbrochen hatten? Und dann noch die Überfälle der *Lekis* und das heldenhafte Kisikenheer unter *König Erekle*, dem Oberhaupt der Ostgeorgier, und sein grimmig flüsterndes Schwert.

Und siehe da, irgendwo ganz in der Nähe kreischt ein Wanderfalke. Seinem Gesichtsausdruck nach hat der Engländer ihn erkannt. Völlig ahnungslos scheint er ja nicht zu sein, doch als Birdwatcher ist er noch ein Dilettant, eben ein Anfänger. Da bin ich schon ganz anderen Leuten vom Fach begegnet, die ich begleiten durfte. Es braucht viele Jahre, um sich so zu vervollkommnen. Der Engländer wird das kaum noch schaffen; dafür reicht die Zeit nicht mehr aus. Er hat sich einfach im Rentenalter ein Hobby gesucht. Mit einem Swarovski-Fernglas ausgestattet, füllt er seine Freizeit. Doch er spricht viel lieber über seine frühere Tätigkeit als über die Vögel. Wäre er nicht so gesprächig, würde ich fast denken, er befinde sich immer noch auf einer Mission und tarne sich nur mit dem Birdwatching. Aber es macht ihm tatsächlich Spaß, die Vögel zu beobachten und die Trümmer eines Landes zu besichtigen, an dessen Zerstörung er selbst beteiligt war; auch er hat dabei einige Steine abgetragen. Darauf ist er wirklich stolz. »Der kleine Bauer im großen Spiel«, so stellte er sich vor zehn Tagen vor.

Den Wanderfalken können wir nicht ausfindig machen. Sein Schrei dringt von irgendwo unten bis zu uns herauf. Ihre Nester befinden sich entlang des steilen Falkentales. Wenn die Falken im Frühling ihre Jungen füttern, gibt es nichts Schöneres, als ihrem Kreisen vor den Nestern zuzuschauen.

Die Kinder und Lehrerinnen sind schon im Begriff zu gehen. Nun bemühen sich die Lehrerinnen, nicht den gleichen Fehler wie vorhin zu begehen, sondern die Kinder in einer Reihe gefahrlos hinunterzubefördern. Die Lehrerin, die oben erzählt hat, geht mit Hilfe eines recht kräftig aussehenden Schülers voran und befiehlt, keiner dürfe sie überholen. Während die Mädchen mit gleichgültiger Miene an uns vorbeilaufen, beäugen die Jungen gierig Fernglas und Teleskop des Engländers. Als Kind war für mich das Fernglas, das bei uns zu Hause in der Schublade eines Holztisches aufbewahrt wurde, auch ein faszinierender Gegenstand gewesen. Schon der Tisch war etwas ganz Besonderes – in seinen Schubladen verbarg sich eine für mich bis dahin unbekannte Welt. Meine Welterkundungen begann ich mit der Anziehungskraft, weil der Magnet eines der sonderbarsten Dinge war, die ich dort entdeckt habe. In der Schublade, die sich nur mit Mühe öffnen ließ, lag ein Magnet in Form eines Hufeisens und zog sämtliche Nägel so fest und haufenweise an sich, dass ich sie kaum abreißen konnte. Auch an die Kühlschranktür klebte sich der Magnet mit einem dumpfen Geräusch, doch aus irgendeinem Grund wollte er mit der Aluminiumklinke am selben Kühlschrank nichts zu tun haben. Der Anziehungskraft folgte das Licht – eine silberne Taschenlampe, aus einer anderen Schublade im selben Tisch, mit der ich in den Nächten heimlich unter die Bettdecke leuchtete. Und zuletzt die verkürzte Entfernung – ein altes Fernglas im Lederfutteral, mit dem ich die Spatzen auf der Wäscheleine und am Fenster unserer Nachbarn beobachten konnte. All dies wurde von einem Duft begleitet, dem Duft einer zu erkundenden Welt, der sich in den Schubladen des massiven Holztisches eingenistet hatte ...

Der Tisch steht immer noch an der alten Stelle. Was aus dem Magnet und der Taschenlampe geworden ist, weiß ich nicht. Den Duft habe ich auch schon längst vergessen. Das alte Fernglas aber, das sich neben dem von Swarovski nicht vorzeigen lässt, habe ich dabei, im Handschuhfach meines

Land Rovers, den ich am Fuße der Chornabudschi-Festung geparkt habe. Mein ehrliches Fernglas haust immer noch im selben Lederfutteral. Es ist tatsächlich ehrlich, denn im verlogenen Swarovski sieht man die Welt viel bunter und schöner als in der Realität. Mein Fernglas ist hingegen echt, alt und durch kein anderes ersetzbar ...

»Kannst du mir was von dieser Festung erzählen?«

Da am klaren Himmel nicht mal der kleinste Vogel zu sehen ist, muss ich eine Geschichte von der Festung erzählen. Der Engländer ist kein gewöhnlicher Kunde. Die Birdwatcher sind sonst ein ganz anderes Volk. Außer Vögeln interessiert sie kaum etwas, vielleicht noch hin und wieder mal ein Säugetier. Beim Besteigen der Höhlenstadt Wardsia haben sie nur Augen für die Felsenkleiber und Blaumerlen. Im David-Garedschi-Kloster fragen sie nicht einmal nach Herkunft und Alter der Wüstenfresken; man zeige ihnen nur einen Felsensperling und lasse sie die Schmutzgeier und Gänsegeier beobachten, die am Himmel kreisen. Der Engländer ist anders. Lieber erzähle ich ihm was, ehe er anfängt zu reden.

»Auf den Weg nach oben haben wir Höhlen gesehen. Vor einem Eingang hängt immer noch eine Eisentür. Der hiesige König soll dort seine Gefangenen gehalten haben.«

»Von welchem Jahrhundert redest du?«

»Vom zwanzigsten.«

Es gelingt mir, ihn in Staunen zu versetzen. Er legt das Fernglas zur Seite und mustert mich, um zu verstehen, ob ich mich über ihn lustig mache oder nicht.

»An das genaue Datum kann ich mich nicht erinnern, aber das geschah alles in den Neunzigerjahren des zwanzigsten Jahrhunderts, Anfang der Neunziger. Erinnern Sie sich noch an den Mann, der uns heute Morgen auf dem Markt von Dedoplistskaro begegnet ist?«

Der Engländer nickt.

»Trotz der frühen Stunde hat der Mann betrunken ausgesehen.«

»Das war er ganz bestimmt. Und er war schon im Begriff, uns zum Trinken einzuladen. Er ist Alkoholiker. Und ich glaube, auch ein unglücklicher Mensch. Wissen Sie, wie man ihn nennt? ›König‹. Dieser Mann war mal König. Er wollte König sein.«

»›The Man Who Would Be King‹.« Dann eben Kipling, wenn er das so will. Er hat doch als Erster vom sogenannten »Big Game«, dem »Großem Spiel« gesprochen, an dem er selbst beteiligt war. Da hatte ich mir noch nichts anmerken lassen. He, natürlich hab ich es mir anmerken lassen! »Das Pony hat schon genügend Übung, um in das große Spiel einzusteigen!«, sagte er mir. Wie konnte ich das vergessen?! Nur glaub ich es kaum, dass meinem Engländer jemand die Kunst der Hypnose oder Gestaltwandlung beigebracht oder jemand ihm gar einen kleinen nickelverzierten Revolver in die Hand gedrückt hat. Zu seiner Zeit sah das »Große Spiel« schon ganz anders aus. Das waren nicht mehr die Zeiten eines irischen Hindujungen und des Obersten Lawrence von Arabien. Es war Krieg, der nicht einmal echt war und deshalb Kalter Krieg genannt wurde. Sie waren dessen triste

Kämpfer, und es ehrt mich, einen von ihnen in Staunen versetzt zu haben. Jawohl, ich liebe Kipling, denke an ihn und bemitleide ihn, so wie alle, die ich liebe. Der Imperialismus hat wohl kaum jemand Besseren hervorgebracht als ihn ...

»Die Geschichte wäre sehr komisch, wenn sie nicht schlecht ausgegangen wäre. Tatsache ist, dass sich dieser Mann eines Winters in der *Chornabudschi-Festung* verschanzt hatte. Man nannte ihn König und wie jeder echte Monarch war er von einem Haufen Schmeichler und Narren umgeben. Sogar eine Königin hatte er an seiner Seite. Die Geschichte ist genauso bizarr wie die damalige Zeit. Was da alles geschehen ist, lässt sich kaum genau beschreiben. Ich bin mir aber sicher, unter anderen Umständen und in einer anderen Zeit wäre er nie zum König erkoren worden. Jetzt trägt er nur noch seinen Spitznamen, als Überbleibsel aus dieser verrückten Zeit, in der sowohl Stadt als auch Land ausrasteten. Nur dass das Ausrasten hier ganz anders und viel grotesker war.

Sein Vater war ein wohlhabender und mächtiger Mann, der ein völlig anderes Potenzial hatte. Für hiesige Verhältnisse, besonders für seinen Sohn, war er viel zu mächtig und sicher auch erdrückend. In jenen Jahren war dieser Mann sehr umtriebig. Er griff sich, was er nur konnte. Die Zeit brachte es mit sich: Wer geschäftstüchtig und risikofreudig war, eignete sich herrenlose Ländereien, Maschinen, Immobilien und andere Güter an. Dieser Mann war von solcher Art.

Er kämpfte und gewann, bezwang seine Gegner, manchmal sogar physisch. Er war zwischen Tiflis und den Provinzen unterwegs und oft nicht zu Hause. Keine Ahnung, wo und zu welchem Zweck er sich gerade aufhielt, als der Sohn sein Geld stahl. Bei uns in Georgien sagt man ›die Gelder‹, also in der Mehrzahl. Und solches Geld, wie es dieser Mann besessen hat, nennen wir auf jeden Fall ›Gelder‹.

Die Geschichte handelt von gefundenem Geld. Aber auch von Langeweile und, ich glaube, von Angst. In allem, was der König anrichtete, steckte letztendlich etwas Fatales für ihn selbst. Ich habe es oft erlebt. Der Mensch weiß, dass er dafür bestraft wird, ihm nichts verziehen wird und ihn das Gestohlene teuer zu stehen kommt. Dennoch handelt er so. Dabei gibt er das gestohlene Geld völlig hysterisch aus, sinnlos und zerstörerisch. Dem König erging es ebenso. Er mied seinen Vater wie die Pest. Und trotzdem veranstaltete er so etwas wie einen ziemlich dummen Aufstand.

Von der faulen Meute, die an ihm und seinem Geld hing, wurde er König genannt. Er brauchte eine Residenz und suchte sich diese weit abgelegene Festung aus. Mit seinen Untertanen verschanzte er sich hier. Es war Winter und da sie viel zu faul waren, um Holzöfen und Holz zu besorgen, deckten sie sich mit Kerosinöfen ein und heizten die größte Höhle, genau unter uns. Sie schleppten alles an: Decken, Matratzen und Proviant. Wann immer sie Hunger verspürten, schickten sie jemanden ins Tal. An Wein, Wodka und Cannabis hat es ihnen nie gemangelt. Sie nannten ihn König, und er trug eine Krone. Über seinen Kleidern trug er einen Morgenmantel. Um ihn versammelten sich alle

Schleimer und Schmarotzer aus dem Umkreis, die wie zum Fasching gekleidet waren. An seiner Seite thronte eine schwabbelige Königin.

Sowohl die Königin als auch die zwei Prinzessinnen waren Beutegut. Der König verließ selten seine Festung, aber seine Untertanen patrouillierten hin und wieder auf der Landstraße, eher um den Passanten Angst einzujagen, als zu plündern. Das waren eigentlich keine Straßenräuber und sie hatten es auch nicht nötig. Es fehlte ihnen an nichts, außer dass sie mit der langen Weile nichts anzufangen wussten. Während einer Patrouille stoppten sie den blauen Moskwitsch des Trommlers und *Aschiks* Matschwia, den die einen vom Sehen und die anderen nur vom Hörensagen kannten. Nachdem immer mehr Waffen in Umlauf gekommen waren und öfters geschossen wurde, hatte Matschwia es aufgegeben, auf Hochzeiten zu trommeln und zu singen. Nun war er im ganzen Schiraki-Tal mit drei Nutten unterwegs und zog von einer Stallung zur andern. Sie ließen sich für ihre Dienste mit Schafen bezahlen, und alle staunten, wie vier Personen und so viele Schafe in ein so winziges Auto passten. Einige Schafe wurden wohl im Kofferraum transportiert, die anderen im Innenraum oder direkt oben auf dem Gepäckträger des Moskwitsch befestigt. Aus der Bezirksstadt fuhren sie immer leicht beladen hinaus. Das blaue Auto war sowieso ramponiert und kehrte jedes Mal noch klappriger und am Boden schleifend, dafür aber fröhlich hupend und blökend heim. Matschwia war unermüdlich. Nachdem einmal eine angetrunkene Hochzeitsgesellschaft vor ihm eine Schießerei veranstaltet und er miterlebt hatte, wie ein Mann durch eine verirrte Kugel starb, zog er diese Lebensweise vor. Seinem Wagen konnte man auf jeder holprigen Strecke begegnen. Wir werden diese Orte auch passieren. In diesen Schluchten werde ich es mir bei schlechtem Wetter erst überlegen, ob wir mit meinem Land Rover durchkommen. Matschwia ist auch immer bis ins Samukhia-Tal gefahren, an der aserbaidschanischen Grenze. Heute stehen dort Grenzposten und verlangen eine Sonderbescheinigung. Die Posten standen sicher schon früher dort, nur war alles nicht so streng und es gab noch keine Funkgeräte, mit denen man ein Mordstheater veranstalten konnte. Anscheinend war es damals viel leichter. Nachdem man ein wenig miteinander gescherzt hatte, durfte man weiterfahren. Sicher haben sich die Grenzposten beim Anblick von Matschwia und seinen ungewöhnlichen Begleiterinnen auch amüsiert. Der Moskwitsch hielt nie vor den Stallungen der Aserbaidschaner. Die haben immer ihre eigenen Frauen dabei, ob in den Bergen oder im Tal. Zu Hause werden sie mit warmem Essen empfangen, von ihren Ehefrauen und den ewig verschüchterten Kindern, die mit Schafen und Schäferhunden aufwachsen und keine Schule kennen. Zu den Georgiern, den Kachetiern und *Tuschen* fuhr Matschwia laut hupend bis vor die Tür und er beschimpfte durch das offene Fenster die kläffenden Schäferhunde, die dem Auto hinterherrannten. Nachdem aber die Hirten aus dem Haus gekommen waren, sich ihre fettigen Hände an den Hosen abgewischt und die Hunde verjagt hatten, trat Matschwia vor, klatschte in die Hände und schrie aus Leibeskräften: ›Einmal hü und einmal hott, mal den Rahm und mal den Joghurt!‹

Wer des Alters wegen noch nicht dran war, rauchte draußen, zusammen mit Matschwia. Hin und wieder versorgten sie Matschwia mit filterlosen Zigaretten. Sie fragten ihn nach den Neuigkeiten im Land. Manchmal brachte er den Hirten neue oder auch schon etwas ältere Zeitungen mit, die für sie so gut wie neu waren. Er erkundigte sich auch selbst nach allem, wobei er von der Schafzucht und dem Hirtenleben herzlich wenig verstand. Ob sie denn von wilden Tieren geplagt würden, war seine Lieblingsfrage. Dabei kamen beim Lächeln seine Goldzähne zum Vorschein. Die Schafe, mit denen für die Liebesdienste der Frauen gezahlt wurden, deklarierte man als Wildschaden. Früher arbeiteten sie schon ab Herbst und waren pausenlos unterwegs, gleich nachdem die Schafe von den Sommerweiden zurückgekehrt waren. Irgendwann im Februar berichtete dann die überregionale Presse von den unerhört häufigen Vorfällen mit Wölfen. Der Jägerverband verlangte nach Wiedereinführung der Prämien für das Erlegen eines Wolfes. Ein Professor für Zoologie veröffentlichte einen Bericht und verkündete anschließend im Fernsehen, dass das Raubtier auf den Weiden von Schiraki und Eldari nichts anderes sei als der Rote Wolf, der nach dem Tschetschenienkrieg eingewandert sei. Zwar sei er von Wuchs her kleiner als unser Grauwolf, aber ein besonders tückisches und grausames Tier. Andere behaupteten wiederum, dass nicht die Tschetschenen damit zu tun hätten, sondern die Amerikaner. Sie hätten die Roten Wölfe ausgesetzt, um mit uns zu experimentieren. Das Wort ›Experiment‹ klang überzeugend und gefährlich. Überall in Tiflis, Telavi und Kutaissi rüsteten sich die Jäger und verlangten vom Staat nach Fahrzeugen, Sprit und Patronen …

›Einmal hü und einmal hott, mal den Rahm und mal den Joghurt! Jetzt schiebt mal den Wagen an, meine Damen!‹, rief ihnen Matschwia immer zu, wenn der Moskwitsch irgendwo im Schlamm oder in einer Schneewehe stecken blieb. Dann schoben sie das Auto mit all der Kraft und Wut an, die sie noch besaßen. Dabei schonten sie weder ihre Kräfte noch die nach Schaf stinkende Kleidung vor den Schlammspritzern. Wenn der Wagen dennoch nicht von der Stelle kam, machten sich die drei Frauen zusammen mit Matschwia viele Kilometer zu Fuß auf den Weg bis ins nächste Dorf oder zu einem nahe gelegenen Hof. Im Auto wollten sie lieber nicht bleiben. Auch wenn sie mutig, fast schon übermütig waren, die unbewohnten Steppen und Hügel waren ihnen doch nicht geheuer, besonders nach Einbruch der Dunkelheit. Dann schien es ihnen, dass in jeder dunklen Schlucht und hinter jedem Felsen ein blutrünstiges wildes Tier, der Rote Wolf, lauerte.

So ging es eine Zeit lang, bis sie eines Tages von der Straßenpatrouille der *Chornabudschi-Festung* aufgehalten wurden, die ihnen befehligte, sich zum König zu begeben. In der Abenddämmerung sah die uralte Festung noch viel düsterer und verlassener aus als ohnehin schon. Keuchend und ächzend stieg Matschwia den steilen Pfad nach oben. Dabei hatte er kein gutes Gefühl. Er kannte schon jegliche Händel und alle möglichen Irren, aber keinen, der so närrisch gekleidet und herausgeputzt war. Seine Ahnung bewahrheitete sich. Der König behielt alle drei Frauen. Dafür wurde Matschwia immerhin reichlich mit Geld belohnt und die Schafe durfte er auch behalten. ›Bringt ihn in sein Auto zurück!‹, befahl der König. Die Frauen waren nicht groß dagegen. Sie putzten sich noch in Matschwias Anwesenheit heraus und stürzten sich wie nach Unterhaltung dürstende kleine Kinder schamlos in das wilde Treiben. Ihr sicheres Handwerk tauschten sie ohne Zögern gegen eine Feier des Rausches ein, gegen den Wahnsinn, dem zwangsläufig eine Strafe folgen würde. Einstweilen aber bewarf sie der König von seinem Thron mit Geld, das er aus dem Versteck seines Vaters gestohlen hatte. Was danach passierte, bekam Matschwia nicht mehr mit, denn er fuhr zähneknirschend nach Hause. Unterwegs dachte er immerzu an die Undankbarkeit der Menschen. Er wusste, dass er nun wieder auf Hochzeiten trommeln und singen musste. Er wusste aber auch, dass die Frauen, mit denen er Leid und Freude geteilt, die er vor dem Hunger gerettet, wie Schwestern behandelt und nicht mal angerührt hatte, schon bald wieder vor seiner Tür stehen würden. Aber nein! Dieser Mann hasste die Undankbarkeit. Er öffnete das Tor und fuhr mit dem Auto in den Hof. Ohne die im Gepäckraum untergebrachten und auf dem Dach befestigten Schafe zu befreien, setzte er sich auf die Hausstufen und sang halb klagend: ›Du sitzt auf der Treppe und wartest auf deinen Sohn, liebste Muttiiii …‹

Seine Mutter vernahm das Klagen und ahnte sofort, dass mit ihrem Sohn etwas nicht stimmte. Sie eilte aus dem Haus, half ihm auf und umarmte ihn, stützte den Sohn unterm Arm wie eine Krücke und führte den riesigen, schluchzenden Mann ins Haus. Die Mutter war klein. Matschwia hingegen groß, dick und völlig kahl ...

Am nächsten Morgen wachte eine der drei Frauen, genau wie im Märchen, als Prinzessin auf. Seit dem Tag gehörte sie nur dem König und trug wie er eine Krone auf dem Haupt, die aus einem Ölbehälter von der humanitären Hilfe geschnitten war. Sie hatte einen gewaltigen Busen und eine schrille Stimme. Jedem, der sie gesehen hatte, fielen diese zwei Merkmale auf. Beim Busen ist alles klar. Die Stimme fiel wohl deshalb auf, weil sie schon sehr bald verstand, ihre Macht zu genießen, zu befehlen und zornige Blicke zu werfen. Wie viele Tage mag dieser Irrsinn wohl gedauert haben? Die alte Festung auf dem Kalkfelsen, vor der sich das Alasani-Tal ausbreitet und auf deren steilen Pfaden im Sommer die Schulkinder wandern, verwandelte sich in jenem Winter zur Herberge von Männern und drei Frauen, die durch den plötzlichen Geldsegen oder durch wer weiß was vom Wahn befallen waren.

Eines Tages stürzte ein Bote, den sie in die Bezirksstadt geschickt hatten, in die Festungshöhle und fiel vor dem König auf die Knie. Dabei verkündete er lauthals: ›Eure Hoheit, ungläubige Tataren sind in unseren Markt eingedrungen und verkaufen den Christen ihren Käse zu horrenden Preisen!‹

So kam, wie es gekommen ist …

Der König schlug mit dem Zepter auf den Boden und befahl, sie alle zu ihm zu bringen und ins Verlies zu sperren. Die Königin lachte wie verrückt und rollte mit den Augen. Gesagt, getan. Mit einem Mal wurde es auf der Festung ganz leer. Sie strömten, geschmückt wie sie waren, aus der Festung, eilten über die engen Pfade der steilen Felsvorsprünge hinunter und zwängten sich in die Autos, die sie unten geparkt hatten. Kurz darauf stürmten sie, mit Stöcken und Knüppeln bewaffnet, den Markt. Das alles sah eher wie ein heidnisches Volksfest aus, irgendwie belustigend, aber gleichzeitig ziemlich brutal, so wie alles Volkstümliche.

Die Aserbaidschaner begriffen sofort, dass ihnen nichts Gutes blühte, und rannten in alle vier Himmelsrichtungen davon. Die Leute des Königs stürzten sich auf ihre Verkaufsständen und demolierten sie. Es gelang ihnen außerdem, drei Verkäufer gefangen zu nehmen, die ihren Stand nicht verlassen wollten. Sie hatten sich für ihren Käse geopfert. Sie haben nicht mal verstanden, was man von ihnen wollte. Wie hätten sie das auch verstehen sollen, wenn selbst der König und seine Leute nicht wussten, was mit ihnen los war, welchen Grund genau es hatte, dass sie die Gefangenen verspotten und in das kalte Verlies sperrten. Diese Februarnacht war aber eiskalt, so kalt, dass sie sogar in der ölverrußten Höhle des Königs froren. Trotzdem feierten sie die ganze Nacht den Sieg über die Ungläubigen. ›Lasst uns ein Glas auf die Knochen unserer Vorfahren erheben!‹, brüllte der König und die Prinzessinnen himmelten ihn an. An die

Gefangenen dachte keiner mehr, bis am nächsten Morgen einer, der etwas nüchterner oder auch gewissenhafter war, nach ihnen fragte.

Zwei haben es überlebt, der dritte war erfroren. Sie rieben ihn lange ein und gossen ihm Wodka in den Mund, aber ein Toter kann ja nicht mehr zurückgeholt werden. Das war die Ernüchterung. Des Königs Gefolge löste sich auf und zerstieb in alle Richtungen. Sie machten sich davon, ohne sich in die Augen zu schauen. Einige rüttelten vor dem Wegrennen an den überlebenden Kaufleuten und schrien ihnen ins Ohr: ›Das wollten wir nicht, ihr wisst es doch! Sagt der Polizei, dass wir das nicht wollten!‹ Die Polizei machte sie alle innerhalb von einigen Stunden auffindig und holte bis zum Abend jeden Einzelnen zu Hause ab. Sogar damals, in den Jahren, als man kaum noch über etwas staunte, wunderten sich alle, dass keiner versucht hatte, sich zu verstecken. Sie dachten wohl, das Untertauchen würde ihre Schuld beweisen. Aber sie haben es nicht mal gewollt. Zwar haben sie es im Rausch übertrieben, aber sie wollten es nicht. Sie haben ja nur gespielt und so spielend starb ihnen ein Mann weg ...«

»Und die Strafe?«, fragt mich der Engländer, als er merkt, dass ich nicht mehr weitererzählen will. »Du hast von einer Strafe gesprochen?«

»Natürlich gab es eine Strafe, aber keine, bei der ein Richter den Hammer senkt und das Urteil spricht. Damals hatten unsere Richter weder Hammer noch so lächerliche Umhänge. Wäre die ganze Sache vor Gericht gekommen, wäre der König der Hauptschuldige gewesen. Doch der König hatte einen Vater, der es nicht so weit hat kommen lassen. Die Aserbaidschaner wurden zum Schweigen gebracht, eingeschüchtert oder bestochen. Sie suchten auch kaum nach Gerechtigkeit, vielleicht weil sie nicht mal wussten, wo die zu finden war.

Für die Chornabudschi-Festungsgemeinde war die größte Strafe das Erwachen aus dem wilden Treiben, die Rückkehr in den hoffnungslosen, kalten und hungrigen Alltag. Als ob die Uhr zwölf geschlagen hätte und die Königin samt der Prinzessinnen sich wieder in Nutten und die Dienerschaft in gewöhnliche Säufer und Straßenpenner verwandelt hätten.

Am bittersten aber muss das Erwachen für den König selbst gewesen sein. Ich glaube, es wäre für ihn viel besser gewesen, wenigstens eine Weile im Gefängnis zu sitzen. Wie ich ihn kenne, ist er kein reuiger Mensch. Nicht mal im Gefängnis hätte er etwas bereut. Aber er wäre wenigstens eine Zeit lang von seinem Vater weggekommen, dem zum Trotz er das alles veranstaltet hatte. Dieser befreite und rettete ihn zwar vor dem Gefängnis, schlug ihn aber sehr, sehr lange ohne Erbarmen, wie man sich hinterher erzählte. Der König kehrte zurück in sein Heim, dem er nicht entkommen konnte, aber auch nicht wollte. Nach seiner Rückkehr war er noch untauglicher als vor der Inthronisierung …

Doch wir müssen uns jetzt allmählich auf den Weg nach unten machen, um das Naturschutzgebiet noch vor Einbruch der Dunkelheit zu erreichen. Das sieht nur auf der

Karte so nahe aus, außerdem ist der Weg bis dorthin ziemlich schlecht.«

Wir gehen abwärts. Ich trage das Stativ über die Schulter gelegt. Ein sonderbares Ding: So zusammengeklappt sieht es wie ein Stock aus und jagt keinem Angst ein. Im aufgeklappten Zustand erweckt es eher Unmut. Ob in Meskheti, Atschara oder Kacheti, überall, wo wir es aufklappen, fragen uns die Bauern, was wir damit zu schaffen hätten. Sie halten das Stativ, auf dem das Teleskop befestigt wird, für ein Vermessungsgerät und mich und den Ausländer für Vermesser, die bei den Bauern niemals und nirgendwo besonders willkommen sind. »Wir beobachten die Vögel«, das glaubt uns doch keiner! Der Bauer kratzt sich am Nacken und glaubt alles, bloß nicht so einen Blödsinn. Er ist überzeugt, dass wir ihn belügen und der Ausländer sich mit meiner Hilfe die Ländereien seiner Vorfahren unter den Nagel reißen will. Seine Ländereien, für die der Bauer keinerlei Beweispapiere besitzt außer mündlicher Überlieferung und dem Gedächtnis. Was für Privatisierung oder Dokumente?! Er wird sich nicht mal rühren, um seinen Besitz und die im Archiv geschützten Papiere amtlich zu registrieren. Er ist misstrauisch und stur. Als wenn ihm die vermessenen und amtlich beglaubigten Ländereien eher weggenommen werden könnten. Seinem Gedächtnis für die »mit Schweiß und Blut bespritzte Erde« könnte aber keiner etwas anhaben. Nur dieses zum Fluch gewordene Gedächtnis hält alle hier fest, die immer noch an ihren Ländereien hängen und immer noch nicht in die Stadt oder ins Ausland geflüchtet sind.

Die Landstraße nach Waschlowani ist viel schlechter als das letzte Mal. Kurz nach Dedoplistskaro wird die Straße schon holprig. Bis zur Abzweigung zum Höhenzug ist sie noch einigermaßen erträglich, wird aber dann allmählich zu einem einzigen großen Rütteln.

Doch der Engländer verträgt alles, wie wenn er es im Blut hat, die Schwierigkeiten einfach zu übersehen. Noch dazu erwartet uns ein wahres Wunder. Es ist Ende September und die Migration der Zugvögel müsste schon vorüber sein. Doch wer weiß das schon so genau? Sie haben sich alle wie für uns zum Spaß auf der Schiraki-Ebene versammelt. Die vom Flug ermüdeten kleinen und großen Raubvögel sitzen überall: am Wegrand, auf der Windschutzallee, auf den kabelberaubten Strommasten und den Baumstümpfen, die hier und da herausragen. Wer wird sich da noch mit Bussarden abgeben? Die Steppenadler lassen uns ganz nahe ran. Ehe sie träge hochfliegen, schaffen es der Engländer und ich, sie zu fotografieren. Von einem Mast erhebt sich sogar ein Kaiseradler. Hier und da sind auch Rötelfalken zu sehen, die von Wiesenweihen umgeben sind. Es ist völlig verrückt ... Und als sich ein großköpfiger, am Hals bunt gefiederter riesiger Vogel in die Lüfte erhebt, der in seinen Krallen wie zum Beweis seines Namens eine Schlange trägt, hat mein Engländer endlich wieder gute Laune.

»Ich habe den Schlangenadler bisher nur am Gibraltarfelsen gesehen, genau um diese Jahreszeit. Sie flogen zu Hunderten über Gibraltar und einige trugen sogar festgekrallte Schlangen mit. Ist das nicht wunderbar? Sie reisen mit eigenem Proviant aus Europa nach Afrika. Ein unvergesslicher Anblick.«

Ich weiß, wohin seine Erinnerung führen wird, und lächle. Bald überquert er selbst Gibraltar und landet in seiner Jugend. Wenn er schon vor Gibraltar steht, wird er ganz sicher hinübergelangen. Nicht Tangier, nicht Casablanca, aber auch nicht die goldene Sandwüste der Sahara ist sein Ziel. Er landet im Atlasgebirge von Algier, wo er einst mit einem sehr jungen, mageren, unansehnlichen, aber klugen einheimischen Hund Barbary-Rebhühner gejagt hat. Ich kann mir diesen Mann kaum jung und mit einem Gewehr ausgestattet vorstellen. Aber wie ein Lügner sieht er nicht aus und von all seinen Erzählungen gefallen mir die Algiergeschichten ganz besonders. Sie haben etwas Gutes und Unvergängliches. Algier war noch vorher, ehe das Fohlen eingeritten und für die größeren Spiele eingesetzt wurde. All seine übrigen Erinnerungen sind in der Art eines alten Mannes leicht übertriebene, trockene Fakten und Analysen. Er war tatsächlich ein Analytiker, wie alle in diesem Krieg. Aber wenn er von Algier spricht, vergisst man, wer er war. Keine Spur vom Kalten Krieg und dem Spion! Dann verwandelt er sich sofort in einen gesprächigen Alten, der das Beste erzählt, was ihm im Leben widerfahren ist: die Geräusche, Geschmäcker und Düfte des Basars. Der Duft der blühenden Wacholderbüsche auf den Hängen des Atlasgebirges, dessen Hauch fast schon den hiesigen Rebhühnern anhaftet, die man so gut wie nie zu sehen bekommt. Das waren ganz besondere Jagderlebnisse mit diesem so klugen Hund. Und er bedauert es bis heute, ihn nicht nach England mitgenommen zu haben.

Als wir vor einer Woche in Adscharien die Migration der Vögel beobachteten, erzählte er mir, wie seine Mission Ende der Sechzigerjahre in Russland gescheitert sei; wie er des Landes verwiesen und zur Persona non grata erklärt wurde. Kurz darauf widmete er sich den sogenannten »Samisdat«-Dokumenten, die man aus der Sowjetunion ins Ausland geschmuggelt hat, und wurde später zum Hauptanalytiker in London. Er hatte sich allerdings die Mission auferlegt, die Frau eines inhaftierten russischen Dissidenten jenseits des Eisernen Vorhangs zu bringen. Diese Frau hat wohl eine Menge gewusst, doch sein Vorhaben scheiterte. Ich fragte ihn sofort nach etwas, das mir in den Sinn gekommen war.

»Hoffentlich ist durch Ihre Mission keiner zu Schaden gekommen ... Ich meine diejenigen, die auf dieser Seite des Vorhangs geblieben sind.«

Bevor er seinen Blick von mir abwandte und ins Teleskop schaute, konnte ich sehen, wie sich seine Miene verzog. Die Frage hatte ihn gereizt.

»Ich hätte nicht gedacht, dass entlang der Schwarzmeerküste so viele Wespenbussarde vorbeiziehen. Das ist ein wahres Glück, eine wahre Show!«

Doch ich konnte seinen Blick auffangen. Nur eine Sekunde, aber das genügte. Er war weder betrübt noch wütend. Aber sah man ihm an, dass er durch meine unpassende Frage leicht gereizt war. Das übertrug sich auf mich und es war, als täte sich eine Kluft zwischen uns auf. Jetzt sah ich nur noch seinen dünnen, verschrumpelten Hals, der zum Teleskop geneigt war, und mir kam der dumme Gedanke, dass ich ihn ganz leicht, sogar mit einer Hand erdrosseln könnte. Diese Gereiztheit, welche gegen meinen Willen aufgekommen war, überdeckte nun alles: seine galanten Manieren und sein angenehm britisches Englisch, sein makelloses Russisch mit leicht baltischem Akzent. Er behauptete, damals, in seiner Jugend, hätte in Moskau keiner der neuen Bekannten seine englische Herkunft vermutet. Er wurde eher für einen Balten gehalten – mit seiner Wohlerzogenheit, der Gabe zuzuhören und allem, was dieser seltsame Mensch ausstrahlte. Sehr gern hätte ich auch noch die Großzügigkeit hinzugefügt, aber leider ist diese in den Gewohnheiten meines Engländers weder als Schwäche noch als Tugend zu verzeichnen. Ansonsten ist er ein ganz angenehmer Mensch, besonders wenn er mir, wie gerade jetzt, von Algier erzählt. Unten kreisen indes über den abgeernteten Weizen- und Sonnenblumenfeldern des Schirakitals unzählige Lerchen und Stare wie Wirbelwinde umeinander herum. Bald werden sie gen Süden aufbrechen.

»Als ich damals nach Algier ging, waren die Franzosen erst seit zwei Jahren abgezogen. Das Land erholte sich gerade von einem schrecklichen Krieg, doch die davon völlig erschöpften Algerier waren dennoch glücklich. Sich über das Elementare zu freuen – so etwas gibt es bei uns im Westen nicht mehr. Dort aber waren die Menschen trotz ihrer Armut sehr gastfreundlich. Die beiden dort verbrachten Jahre liegen schon so lange zurück, aber mir ist fast jeder Tag in Erinnerung geblieben. Ist das nicht erstaunlich? Vor meiner Abreise habe ich auch noch den Militärputsch erlebt. Hast du schon mal von dem Militärputsch im Jahre 1965 gehört?«

Ich zucke mit den Achseln. »Nein, woher sollte ich das?«

»Damals wurde der erste Präsident des Landes, Ahmed Ben Bella, vom eigenen Verteidigungsminister gestürzt. Er schaffte das ganz ohne Blutvergießen, sodass alle glaubten, es werde nur ein Film gedreht. Die Italiener drehten damals den berühmten Film ›Der Kampf um Algier‹. Noch nie was von diesem Film gehört? Oh, den musst du dir unbedingt anschauen! Das ist der realistischste aller Filme, die man je über Partisanenkriege und Terrorismus gedreht hat. Das Pentagon zeigte ihn den amerikanischen Soldaten vor dem Einmarsch im Irak, damit sie wussten, worauf sie gefasst sein sollten. Der Film basiert auf den Memoiren eines Führers der algerischen Kämpfer gegen die Franzosen und wurde, wenn ich mich richtig entsinne, von ihm selbst finanziert. Dieser Mann spielte sich im Film auch selbst.

An den Massenszenen waren viele freiwillige Algerier beteiligt. Außerdem waren bewaffnete Kräfte und schweres Kampfgerät bei den Aufnahmen im Einsatz, sodass sich an jenem Sommertag keiner über die Panzer wunderte, die durch die Straßen rollten. Während eines Cocktailempfangs beobachtete ich zusammen mit vielen anderen Engländern von der Terrasse der britischen Botschaft aus, wie die Panzer anscheinend zum Drehort fuhren, dann unerwartet eine ganz andere Richtung einschlugen und durch das Tor des

Präsidentenpalastes rollten. So hat sich der Putsch einfach so vor meinen Augen abgespielt.«

»Jetzt werden Sie etwas ganz Besonderes erleben!« Für mich ist dieser Augenblick immer wieder sehr aufregend. Die letzte Auffahrt, eine karge Landschaft und ein hügeliger Höhenzug, der am Rande einer Höhle mit abschüssigen Felsen abrupt abreißt.

Unten zieht sich wie eine Schnur das Waschlovani-Naturschutzgebiet hin, mit seinem lichten Pistazienwald so etwas wie die afrikanische Savanne. Wunderbares Wetter, klare Herbstluft und ideale Sicht. In der Ferne, hinter den sogenannten Großen und Kleinen Schattengebirgen und den tiefliegenden Steppen, sieht man die Konturen des Mingetschauri-Staudamms. Die Sonne geht rot unter und steckt die Umgebung in Flammen. Auch die Sumachsträucher sind hier und da rot gefärbt.

»Du kannst gut erzählen, sogar so gut, dass man meinen könnte, du würdest dir diese Geschichten selbst ausdenken. Auch was du mir heute von dem König erzählt hast. Woher hast du die ganzen Details? Kennst du ihn so gut, den Mann, der ein König sein wollte?«

Wir sitzen in der Dunkelheit, schon wohl gesättigt, auf der Veranda des Ranger-Hauses im Naturschutzgebiet. In den zehn Tagen unserer Reise sind dergleichen Gespräche vor dem Einschlafen schon zum Ritual geworden.

»Ich habe seinen Vater gut gekannt.«

»Den autoritären Mann, der nach dem Zusammenbruch der Sowjetunion versuchte, sich die herrenlose Technik und

Ländereien anzueignen? Siehst du, ich habe es mir gemerkt!«

Er freut sich wie ein kleines Kind und ist auf sein Gedächtnis stolz. Das hat wohl auch mit dem Alter zu tun.

»Ja, genau ihn. Das war ein interessanter Mann.«

»Ist er umgekommen?«

»Nein, wieso?«

»Du sprichst von ihm in der Vergangenheit.«

»Ach, wirklich? Interessant. Er lebt noch, hat aber alles verloren, was ihn so einmalig machte. Ich glaube, das heißt Motivation. Ja, er hat wohl die Motivation verloren und außerdem sein Herrschaftsgebiet.«

»Wieso? War er auch König?«

»König? So könnte man es nennen, aber nein, kein König! Ich würde ihn eher als Gutsherren bezeichnen, als jemanden, den man bei euch Landlord nennt. Er war wie ein mittelalterlicher Gutsherr, ehrlich. Sein im Kampf erobertes Land verwaltete er mit eiserner Hand. Nur dass es das fruchtloseste Land war, das man sich vorstellen konnte. Im Sommer ist dort eine wahre Hölle, wie in einem glühenden Tiegel. Lehmerde, in der nichts mit Freude gedeiht und nur alles haust, was giftig und bissig ist. Wenn er König war, dann nur der König der Schlangen, Skorpione und Spinnen.«

»Darf ich fragen, wie du ihn kennengelernt hast?«

»Ich war dort oft zu Gast. Ich mochte sein Land.«

»Und den Herren selbst?«

»Nein, ihn habe ich wohl nie gemocht.«

2. Der Herr

»An jenem Februartag habe ich das Schaf gefunden. Am selben Tag hat Kakutsa den Schäferhund getötet. Der einzige Tag im Jahr, an dem man seine Sünden beichten kann. Was so alles an einem Tag passieren kann?!

Es war am frühen Morgen ...

Der einzige Schuss verhallte dumpf im Schnee. Kakutsa kam allein zurück. Sie waren zu zweit aufgebrochen, aber zurück kam nur Kakutsa mit der Winchester in der Hand. Es war ein riesiger und sehr dummer Hund. Um so einen Koloss zu züchten, hatte man das Blut zigmal gemischt und letztendlich einen völlig blöden, plumpen Riesen gezeugt. Er hatte nicht mal den vagen Instinkt, dass er ins Verderben geführt wird. Gutgläubig schwänzelte er seinem Herrn hinterher, an die Stelle, wo er in der Nacht zuvor das Schaf gerissen hatte, um dessen Kadaver nun schon die Elstern und Raben kreisten.

Ohne viel zu überlegen, schoss Kakutsa an der gleichen Stelle das dumme, riesige Tier, das ein Geschenk irgendeines Ministers gewesen war, mit seiner Winchester nieder, mit seiner Winchester, die er von einem sogenannten ›Dieb im Gesetz‹ bekommen hatte.

Schweigend reichte er Thoma sein Gewehr und sagte mir, wir sollten hineingehen und etwas essen. Thoma war betrübt, das hat man ihm angesehen, aber nicht wegen des Hundes. Das zottige Tier, welches als Schäferhund zu nichts nutze war, hatte sowieso keiner gemocht. Dieser Schmarotzer imponierte den zur Jagd angereisten, unerfahrenen Städtern höchstens durch seine Größe und den gutmütigen Blick. Doch tatsächlich war er so plump, dass er beim Gassigehen nicht mal sein Hinterbein heben konnte, ohne umzukippen, und das Geschäft deshalb wie ein Weibchen in der Hocke machte. Thoma betrübte etwas ganz anderes – das lahme Schaf war in der letzten Nacht durch sein Versehen draußen geblieben. Beim Eintreiben der lahmen und bedepperten Schafe in den Stall hatte er sie falsch gezählt. Somit brachte er Kakutsa zu Schaden. Er war tief betrübt, schaute aber Kakutsa begeistert und fast hingebungsvoll beim Essen zu. So wie es Eltern tun, wenn sie sich über den Appetit ihrer kleinen Kinder freuen – ›Lirum, larum, Löffelstiel!‹. Es lohnte sich wahrhaft, dem Herren zuzuschauen. Wie er sich mit seinen starken Händen Brot in die Suppe bröckelte, ganz gelassen und ohne Hast aß, als sei das die wichtigste Beschäftigung. Die dampfende Suppenschüssel, das sorgfältig hineingebröckelte Brot und die obligatorischen Radieschen, wohl seine einzige menschliche Schwäche, lagen auch vor ihm auf dem Tisch. Ihm gegenüber aber saß sein treuer Thoma und schlürfte lautstark die Suppe. Er war klein und missgestaltet, himmelte seinen Herren an und versuchte dabei ständig, dessen Vorhaben und innigste Wünsche zu erraten. Die Gedanken dieses riesigen Mannes zu erraten, muss verdammt schwer gewesen sein. Wünschen aber tat der sich letztendlich nur eines, ausreichend Radieschen. Ich habe nie erlebt, dass er etwas anderes mehr begehrt hätte.

Es war so kalt, dass meine Suppe direkt im Teller abkühlte. Draußen schneite es immer noch. Dem Schnee fiel auch der Schäferhund zum Opfer, den der Minister geschenkt hatte. Seine riesigen Spuren waren überall im Schnee zu sehen, rings um das zerrissene Schaf. Es schneite und schneite und wollte nicht aufhören. Die Küche wurde eine wahre Kühltruhe.

›Ein Bock fehlt noch, Thoma. Anscheinend haben wir gestern Nacht zwei Schafe draußen gelassen. Hast du was getrunken oder wirst du langsam alt?‹

Nein, er schimpfte nicht mit ihm und machte ihm auch keine Vorwürfe. Ich habe nie erlebt, dass Kakutsa mit Thoma geschimpft oder lautstark geredet hätte. Ihre Beziehung glich auf den ersten Blick der eines Herren und seines Dieners. Dem war aber nicht ganz so.

Thoma war sichtlich beunruhigt. Er wolle noch einmal auf die Suche gehen, draußen im Schnee alles durchstöbern. Der Bock würde allein nicht weit weggehen.

›Wenn er nicht von einem Hund getötet oder von Wildtieren gefressen wurde‹, Kakutsa beobachtete aus dem Fenster die verschneite Umgebung. ›Du kannst jetzt nirgendwo hingehen. Du weißt doch, was heute für ein Tag ist. Ich brauche dich hier.‹

Also gehe ich los. Auch ich weiß, dass heute dieser eigenartige, komische Tag ist. Dass hinter der Küche ein junger Stier zum Schlachten angebunden bereitsteht. Das Fleisch muss gekocht, der Wein eingeschenkt und der Tisch gedeckt werden. Es gibt eine Menge zu tun und nur zwei Männer, die das alles richten. Und die Wintertage sind kurz. Ich gehe, obwohl keiner mich darum bittet und auch keiner daran glaubt, dass ich was finde. Ich muss gehen, weil mich der getötete Hund und der zu schlachtende Stier dazu verleiten, kurz wegzugehen. Außerdem sollte man bei so einem Schnee nicht aufgeben, sondern sich bewegen, aufwärmen, die Knie strecken, um dann beim Heimkehren und Eintreten aus der Kälte den warmen Ofen und Thomas kleine Zimmer als Paradies zu empfinden.

›Nimm das Gewehr mit.‹ Kakutsa zeigt auf die Winchester in der Ecke, aber ich will nicht. Außer dem Fotoapparat habe ich nichts dabei.

Und um die Mittagszeit finde ich das Schaf …

Vorher bleibe ich auf einer namenlosen Anhöhe stehen, um Luft zu holen und eine zu rauchen. Der Schnee reicht mir nur bis zum Knöchel. Es fällt auch nicht mehr so viel. Der nasse Schnee taut direkt an meinen Sachen. Strohfarbenes Gras ragt aus dem schweren Schnee. Die weißen Steppen sind von Autospuren zerfurcht, die zu den Stallungen der Schafe und den Jagdrevieren führen. Der Lehmboden ist wie mit Puderzucker bedeckt. Der bleierne Himmel stößt direkt an die weiß-strohfarbene Erdoberfläche und spiegelt sich ebenso bleiern im Stausee wider. Weit und breit kein Vogel und kein Wild, alles vollkommen still. Nicht mal eine Spur ist auf dem Schnee zu sehen. Nur hin und wieder schreckt eine Misteldrossel oder ein kleiner Buchfink lautlos aus den Paliurkreuzdornhecken auf. Unten am Staudamm ist bestimmt viel mehr los. Bei so einem Wetter tummeln sich dort Stockenten, Kormorane und Reiher. Man stößt sogar auf Wildgänse oder Schwäne in kleinen Scharen, die dort gelandet sind.

Ich kauere mich unter den Wacholderbusch und schaue wieder nach unten. Vor mir erstreckt sich das ganze Reich von Kakutsa. Der Stausee endet mit einem steilen Damm. Von hier aus sieht man sowohl das Jagdhaus als auch die kleinen Bungalows im Halbkreis ringsherum stehen. Hüben und drüben vom Stausee sind in den Steppen die Stallungen der Schafe verstreut. Unterhalb des Dammes beginnt das Paradies. Der vom Staudamm befreite Iori fließt nun im eigenen Flussbett durch von Efeu und Sträuchern bewachsene Auen. In den Wäldchen wachsen wilde Pistazien, die in der Nähe des Flusses von Espen und Buchen abgewechselt werden. Von hier sehen die Auen leblos und still aus. Aber ich weiß es doch ... Ich hab es ja gesehen ... Der Wald ist dort voller Wildschweine und Schakale. Ich weiß, dass all die im Schnee versunkenen Hügel, Wüsten, Auen und Steppen die wildesten Gegenden in diesem Land sind.

Und wie zum Zeichen, dass überall umher und ganz nahe Leben herrscht, erscheint genau neben meinem Fuß ein kleines schwarzes Loch. Wie eine stumme Explosion fallen winzige Erdklumpen auf den Schnee, einmal, zweimal, dreimal und dann steckt eine Maus ihren Kopf heraus. Ich bin wohl viel zu groß, um von ihr als lebendiges, gefährliches Wesen empfunden zu werden. Da haben wir eines der ersten und schwächsten Glieder der Nahrungskette. Sie sieht und hört mich nicht, bis ich mit der Hand nach ihr wedle und sie wieder im Loch verschwindet.

Das Schaf finde ich rein zufällig, als ich schon fast vergessen habe, warum ich hier unterwegs bin. Das ist reines Glück, nichts weiter. Ich finde den Bock, der im Kreuzdornbusch seltsam hängen geblieben ist, auf dem Rückweg. Meine Freude blendet mich fast. Ich stürze mich in seine Richtung und sehe erst sehr spät einen Fuchs, der davonrennt. Hätte ich ein Gewehr dabei gehabt und ihn töten wollen, wäre das möglich gewesen. Doch mit einem Fotoapparat ist es ganz anders. Klick, klick, klick, fünfmal pro Sekunde klicke ich auf meine Canon, doch es gelingt mir nicht. Der Fuchs ist noch nicht mal verschwunden, da schaue ich schon auf das Display der Kamera. Nur eine verwischte, konturlose Silhouette im Schnee, den der Fuchs hochgestiebt hat – sonst nichts.

Das Schaf hängt mit seinem Fell in den Dornen fest und drum herum sind Schnee, Gras und Erde vollkommen zertrampelt. Es hat wohl lange gekämpft und sich nicht befreien können. Überall ist Blut, denn der Fuchs hat ihm den Fettschwanz zur Hälfte abgefressen. Es ärgert mich nun besonders, den Fuchs nicht aufgenommen zu haben. Und was für einen Fuchs?! Einen ganz gierigen. Er war noch am Fressen, als ich kam. Ob er wohl lange gebraucht hat, bis er sich an das Schaf bei lebendigem Leibe gewagt hat? Er hat sich von hinten rangemacht und da stand nun der riesige Bock wie bedeppert da, mit seinem Fettschwanz, den riesigen Hörnern und Hoden. Das Schaf ist schon ein seltsames Wesen, auch wenn ihm der Metzger den Hals umdreht und die Kehle durchschneidet, verdreht es nur seine Augen.

Vorsichtig schneide ich ihm das im Paliurkreuzdorn verhedderte Fell ab, befreie das Tier und habe dabei das Gefühl, dass mein Jagdmesser noch nie so ein gutes Werk vollbracht hat. Ich lege mir das befreite Schaf mit dem halben Fettschwanz um die Schultern und trete so den Weg nach unten an. Was Besseres fällt mir nicht ein. Meine Jacke wird ganz mit seinem Blut und Fell beschmiert. Kre, kre, kre, hustet vom bleiernen Himmel ein Kolkrabe über uns. Ich entführe gerade sein Mittagessen. Da hast du aber Glück gehabt, Schäfchen! Erst hätte dich der Fuchs von hinten angefressen und dann der Kolkrabe deine Augen ausgehackt. Er wäre vielleicht nach den anderen Raben und Elstern oder auch vorher gekommen, hätte dir die Augen ausgehackt und dich erst danach verkostet. Warum er das wohl so tut? Vielleicht fürchtet er sich tatsächlich vor einem Toten mit offenen Augen? Danach würden die Gänsegeier und Mönchsgeier auftauchen. Sie warten immer erst auf den Kolkraben, auch wenn sie vor Hunger sterben, rühren sie den Kadaver nicht an, solange der Kolkrabe ihm nicht die Augen ausgehackt hat. Das ist wie ein Zeichen für die anderen, dass es keine

Gefahr mehr gibt. Erst dann lassen sich die riesigen Vögel mit ihren nackten Hälsen aus den Lüften nieder. Sie sehen schon als Vogeljunge alt aus und die kahlen, langen Hälse sind ihnen dazu gegeben, um tief in Eingeweiden herumzustochern. Auf dem Boden bewegen sie sich plump zum Kadaver hin und nach einer halben Stunde bleiben davon nur noch Knochen übrig. Diese werden dann in der Nacht verputzt.

Als ich das Schaf am frühen Abend nach Hause schleppe, hat keiner dafür Zeit, aber auch nicht für mich. Thoma und Kakutsa wirtschaften in der Küche herum. Hier scheint es noch kälter zu sein als draußen. Die Küche und der Speiseraum werden auch von den bescheiden eingetroffenen dutzend Personen kaum erwärmt. Im Gegenteil strömt mit den Hirten eine Eiseskälte in den Raum, die sie den ganzen Tag lang auf offenem Feld akkumuliert haben. Die Gesichter der Hirten, die von vier Stallungen eingetroffen sind, drücken nur Ehrfurcht und Gehorsam aus. Die Hirten von Kakutsas fünftem Quartier sind Georgier. Sie sind an diesem Tag nicht geladen. Nicht ihretwegen schlachtete man gleich am frühen Morgen einen jungen Stier, um dessen Kopf und Gedärme nun schon die vor Kälte aufgeplusterten Elstern und Raben kreisen. Das ist der Tag der Aserbaidschaner und auch wenn ein Großteil von ihnen schon seit Langem bei Kakutsa arbeitet, weiß kaum einer, warum der Herr der Schafe und hiesigen Ländereien sie an diesem Februartag immer zu Tisch lädt, das Vieh schlachtet, sie eigenhändig bedient und nicht mal Thoma den Wein ausschenken lässt. Warum sie von so weit her kommen (manche müssen von der anderen Seite des Dammes einige Kilometer laufen und den gleichen Weg noch mal zurück)? Zeitlich ist es auch nicht gerade günstig, mitten während des Lammens, wenn in einer Herde pro Tag bis zu hundert Lämmer geboren werden, und dazu noch dieser Schnee. Aber sie wissen, dass sie kommen müssen, und kommen auch. Die ratlosen und fast tragischen Gesichter der Hirten, dampfendes, frisch gekochtes Rindfleisch und kalter Wein, der einem direkt auf die Zähne schlägt. All das sieht eher einem Leichenschmaus ähnlich, was es wohl auch ist. Ich bin das erste Mal dabei, weiß aber von Thoma, was und warum es hier geschieht. Das ist der Tag der Reue, wenn dieser Mann überhaupt weiß, was Reue bedeutet.

Die eigenen Sünden begeht Kakutsa wie gut durchdachte Taten. Genauso wie er an diesem Morgen den plumpen Schäferhund pfeifend und streichelnd in den Wald gelockt hat, um ihn dort zu erschießen, hat er schon mal im eigenen Weinkeller am gedeckten Tisch zwei berühmte Banditen erschossen. Ihre Geschichten werden immer noch erzählt, indem man von den Verstorbenen als den ›Seligen‹ spricht, eher aus Gewohnheit, denn gemocht hat sie keiner. Sie hatten ebenso viele oder auch mehr Sünden auf dem Kerbholz wie ihre namhaften städtischen Zeit- und Berufsgenossen. Im Unterschied zu den Tifliser Banditen aber hatten sie keinen Stil und scherten sich nicht um die eigene Reputation. Sie wussten nicht einmal, was Reputation bedeutet, und eben das machte sie so gefährlich. Vor den wirren Neunzigerjahren waren sie alle kleine Jungs, einfache Bauernbuben, die in der Zeit von Mord und Totschlag sehr rasch zu Männern reiften. Außerdem haben sie sehr gut gesungen, was alle betonten. In ihrem Dorf gab es einen Knabenchor, der von einem uralten, eigensinnigen Chorleiter angeführt wurde. Er kannte einige ganz seltene, wahrhaft einmalige Volkslieder, darunter einen für diesen Ort spezifischen Mrawalschamieri-Gesang. Diese Lieder dürften nicht verloren gehen, behauptete der Chorleiter stur, der selbst kinderlos und ohne Familie war. Und versammelte die Jungen aus der Nachbarschaft in einen Chor um sich. Davon waren diese zwei am begabtesten. Ihre Stimmen waren etwas Besonderes. Nach und nach nannte man sie die singenden Banditen. Sie mordeten und sangen, raubten und sangen. Eine dritte Begleitstimme fehlte ihnen, weshalb ihnen das Gewehrknattern den Bass ersetzte. Singend klapperten sie alle Winzer und Wucherer ab und legten ihnen einen Tribut auf. Schließlich gedachten sie, auch bei Kakutsa Geld einzutreiben. Sie verschonten keinen und vertrauten auch niemandem. Am dem extra für sie gedeckten Tisch im Weinkeller saßen sie mit ihren Knarren auf dem Schoß. Trotzdem wurden sie unachtsam und ließen sich hinters Licht führen. Die ganze Sache kostete Kakutsa mehr, als er ihnen hätte zahlen müssen. Aber seit dem Tag versucht keiner mehr, ihn zu belästigen. Seitdem hat er den Ruf eines gefährlichen Mannes. Die Schüsse trafen die zwei Banditen jeweils ins Herz und in den Kopf. Bevor er die Nachbarn herbeirief, schoss sich der Gastgeber mit dem

Makarow-Gewehr der Banditen in die rechte Hand, da er Linkshänder war, dann noch an die Wände des Weinkellers, und das war's. Damit war die Sache klar: Überfall und Notwehr.

Bei der Beerdigung der Banditen stand der alte Chormeister ganz allein und abseits, an eine riesige Linde gelehnt, die auf dem Friedhof wuchs. Er war sicher viel älter als der Baum. Linden wachsen ja so schnell ...

Dieser Mann, der schon mal zwei quicklebendige Menschen in sein Haus gelockt und erschossen hatte, bediente nun vor meinen Augen die Hirten. Dabei sahen sie Jahr für Jahr an diesem Tag genau so verblüfft aus wie die Käsehändler, die man in das Chornabudschi-Verlies gesperrt hatte. Nur ein Oberhirte aus dem am weitesten gelegenen Quartier, der einäugige Ahmed, machte kein verzweifeltes und sich dem Schicksal ergebendes Gesicht. Mein Computer in Tiflis ist voll mit seinen Porträts, aber keines ist so vollkommen. Dieser Mensch hat mit einem Auge mehr gesehen als alle anderen, die nie und nimmer begreifen werden, warum sie inmitten des Lammwurfes ihre Quartiere und Frauen verlassen und einen so weiten Weg zurücklegen müssen, um den Wein und das gekochte Fleisch des Mannes zu vertilgen, vor dem sie nichts als Angst und Ehrfurcht verspüren. Sie haben keine Ahnung, dass sie an der Gedenktafel ihrer Brüder sitzen, die vor Jahren in der Chornabudschi-Festung erfroren sind. Den schwarzen Stier schlachtet Kakutsa in Gedenken an die Männer, die aufgrund der Torheit seines Sohnes gestorben sind. Deshalb werden an diesem Tag keine georgischen Hirten eingeladen. An diesem Tag deckt Kakutsa die Tafel nur für die Ungläubigen.«

»Aber ist das nicht einfach nur Zynismus?«

Wenn ich an meiner Zigarette ziehe und der Tabak verglimmt, kann ich das feine Profil meines Engländers sehen und von der Silhouette des massiven Bergkamms hinter dem dunklen Revier unterscheiden.

»Die Macht wird immer von Zynismus begleitet. Aber in diesem Fall stimme ich Ihnen nicht zu. Ich denke, dieser Mann war viel zu einfach, um zynisch zu sein. Was ich ihm aber keinesfalls als Fehler anrechne.«

»Du sprichst schon wieder in der Vergangenheit von ihm.«

»Dazu gibt es einen Grund. Kein Zynismus, sondern eher Stolz. Wenn ich mich nicht irre, heißt das im Christentum Hochmut und gilt als Sünde. Ich kannte diesen Mann nur einige Jahre. Ich hab ihn erst kennengelernt, nachdem sich mein Kumpane Radscheba überlegt hatte, dass wir durch Birdwatching zu Geld kommen könnten. Damals führten wir im Frühjahr die ersten Touristen durch seine Ländereien. Im Winter stellte er die Bungalows den Jägern zur Verfügung, im Frühjahr kamen wir. Ich war dann auch mal öfters privat im Herbst und Winter dort. Da ich ihn keineswegs störte, ertrug er meine Anwesenheit. Ich beobachtete ihn einige Jahre lang. Sein Hochmut brachte ihn so weit, dass er sich so etwas wie eine eigene Religion ausdachte, deren einziger Priester und Anhänger er selbst war. Er hatte auch eigene Rituale. Früher hätte er das sicher nicht getan, dafür keine Zeit gehabt. Aber zum Schluss schloss er sich selbst in sein Reich ein, das er nicht mal im Sommer verließ, wenn die Schafe schon längst auf die Bergweiden getrieben waren und er im glühend heißen Talkessel außer Thoma keine Menschenseele zur Seite hatte. Er hat alles verkauft und nur die Schafe behalten, die im Winter von den Sommerweiden zurückkehrten und sich vermehrten. Und er hatte Fische in seinem Stausee, zu deren Fang er hin und wieder die Fischer aus der Region kommen ließ. Die Bungalows vermietete er auch an Gäste. Und er hatte auch gewisse Einkünfte von den Jägern und dergleichen Vogelliebhabern, die wir anbrachten. Also, sein ganzes Vermögen schwamm in seinen Gewässern, lief auf seinem Boden und flog sogar durch seine Ländereien. An seinem Zuhause hatte er für immer die Lust verloren, wegen seiner Söhne ...«

»Hatte er außer dem König noch andere Söhne?«

»›So ein Mann verdient nicht solche Söhne –‹, flüsterte mir Thoma zu. Damals war ich, was weiß ich warum, mitten im Sommer in die Auen gekommen. Und wenn man den ganzen Tag im Fluss gesessen hätte, schaffte das keine Abkühlung. Der Iori war kochend heiß, unzählige Mücken, ein fast verwischter Horizont und ein heißes Blechdach, wo nicht mal die Nacht Erlösung brachte. Wir saßen vor dem Haus auf den Stufen. Thoma in seinem quietschenden Schaukelstuhl, dem einzigen Luxusartikel, den er besaß. Und wie er sich immer aufregte, wenn er im Winter einen zur Jagd dahergekommenen Abgeordneten oder im Sommer einen Ausländer, der zum Vögelbeobachten gekommen war, in seinem Sessel schaukeln sah. Er selbst bot einen interessanten Anblick: ein kleiner Mann, der im großen Sessel versank und den Boden kaum mit den Füßen erreichen konnte. Um aufzustehen, musste er sich mit aller Kraft ins Schwingen bringen.

Was für Söhne verdient wohl Kakutsa? Es rührte sich kein Hauch. Thoma schaute in die Richtung, wo das Stirnlicht des Herrn in der Dunkelheit flackerte. Kakutsa goss mit einem Schlauch an einer Wasserzisterne die Pfirsiche. Wenn man sie am Tag in der Hitze gießt, ermatten die Setzlinge und ersticken. Es nützt aber auch nicht besonders, sie in der Nacht zu gießen. Die Pfirsiche waren eine fixe Idee von Thoma, die ihm Kakutsa sofort gewährt hat, auch wenn er wusste, dass auf diesem Lehmboden keine Pfirsiche gedeihen konnten.

›Bring mir einen Spaten, Thoma, schnell! Hier ist eine Schlange!‹, schrie Kakutsa aus der Dunkelheit heraus. Den Spaten brachte ich ihm, weil Thoma trotz der vielen Jahre, die er am Iori-Ufer verbracht hat, sich nicht mit der Nachbarschaft von Schlangen anfreunden konnte. Er nannte sie nicht mal beim Namen, sondern bezeichnete sie als ›nicht zu erwähnende‹ Wesen. Kakutsa schlug mit dem Spaten nicht mal sehr kräftig zu und durchschnitt den entlang des Schlauches ausgestreckten dicken Körper, der sich gerade eben noch gewunden und gezischt hatte.

Er hatte noch einen Sohn, einen jüngeren. Der war schwachsinnig, im Prinzip ein Idiot. Dem König bin ich einige Male am Iori begegnet. Er kiffte heimlich hinter den

Bungalows. Den zweiten Sohn zeigte Kakutsa fast nie vor. Er schämte sich wegen seiner Kinder. Man sagt, dass der zweite früher normal war und erst später vom Wahn befallen wurde. Kakutsa hat wohl alles versucht, um ihn zu heilen, aber man konnte ihm nicht helfen. Ich habe ihn noch nie gesehen. Man sagt, er hätte den Verstand eines kleinen Kindes und würde nur dank seiner Mutter und der Pfleger gewaschen und gepflegt herumlaufen. Hin und wieder schaffte er es, von zu Hause wegzulaufen. Er geht wohl nicht weit weg, sondern treibt sich nur im Dorf herum und bittet alle um eine Zigarette. Dabei sagt er allen das Gleiche: *Du weißt doch, wessen Sohn ich bin?!* Als wenn er sich damit in der fremden Umgebung, in die er abgehauen ist, Sicherheit verschafft. Dass er der Sohn eines wichtigen Mannes ist, weiß er noch. Und dieser Vater ist seine Hoffnung und Stütze.«

»Das ist eine tragische Geschichte.«

»Für einen Mann wie Kakutsa ist sie doppelt tragisch. In diesem Land lebt man für seine Kinder. Zumindest glaubt man, dass es so ist. All sein Hab und Gut häuft man für sie an. Hier kommt zum Beispiel keiner auf die Idee, seinen Besitz irgendeinem Tierschutzverein zu vermachen.«

»Das ist ein Überbleibsel der Sowjetmentalität. Die Zeit wird schon noch kommen.«

»Vielleicht. Aber bis dahin hat sich Kakutsa am Iori in seinen Gütern eingesperrt. Er war ein Mann viel größeren Kalibers, doch diese unfruchtbaren Ländereien, Auen und mit Beifuß bewachsenen Felder wurden ihm zum Verhängnis. Dabei hat er zu diesem Ort ganz und gar das Verhältnis eines Eigentümers. Und wenn er überhaupt jemanden für eine kurze Zeit geduldet hat, dann nur so einen friedlichen, mit Fotoapparat ausgestatteten Städter wie mich. Dann wurde er aber von zwei Seiten bedrängt. Die Hochmütigkeit überfiel ihn erst, als einerseits das Christentum den Iori erreichte und anderseits die Armee. Zuerst kam die Armee ...

›Levanteotter, Levanteotter, hier Kreuzspinne, kommen ...‹

Levanteotter ist immer zur Stelle und hört alles.

›Levanteotter, er versucht in den fünften Quadranten zu gelangen. Empfang bestätigen. Der gleiche weiße Land Rover wie gestern und vorgestern. Bitte bestätigen, ob wir ihn durchlassen sollen.‹

Die wüstenfarbene Uniform, in einer Hand locker das Maschinengewehr, eine prallgestopfte Weste und das volle Bewusstsein der eigenen Wichtigkeit. Gestern noch ein Bauernsohn und heute ein Kommandeur oder so etwas. Voller Ernst. Lächeln, Frohmut und traditioneller Bauernschalk gehörten ab jetzt für immer der Vergangenheit an. Geblieben waren nur noch das bis zur Idiotie getriebene Pflichtbewusstsein und die giftigen Wüstennamen.

Irgendwann im Herbst fand ich den Grenzposten schon weiter auf dieser Seite nach vorn verschoben. Das Verhältnis des Militärs zu Kakutsa war für immer gebrochen. Früher standen sie oben auf den Hügeln, zwei Kilometer von der aserbaidschanischen Grenze entfernt. In jenem Sommer waren sie es wohl leid, oben in der Hitze in einem glühenden Wagen zu verweilen, und zogen nach unten zum Iori-Fluss. Die zwei Kilometer lange Grenzzone wurde fünf Kilometer lang. Hier konnten sie sich die Zeit wenigstens mit Angeln vertreiben und sich hin und wieder in den Fluss legen. Da sie nun einmal da waren, zogen sie nie wieder zurück. Die Wohnung des einäugigen Ahmed lag in der Gegend, wo die meisten Königsrebhühner hausten, die ausgetrocknete Schlucht, deren Lehmwände mit den Nestern der Blauracken und Bienenfresser durchlöchert waren. Dort, wo man am liebsten unterwegs war, weil hinter jedem Busch ein Chukarhuhn aufflog oder ein Hase entwischte, oder einem wegen der Levanteotter der zum Schritt angehobene Fuß in der Luft erstarrte, genau diese Gegend wurde zur Grenzzone und zum fünften Quadranten erklärt. Außerdem vermute ich in dieser Schlucht auch die Höhle einer Wildkatze.

Das Militär stand genau hinter dem Damm und quälte uns, mich und meine Touristen, aber auch Kakutsa, jedes Mal beim Passieren. Jetzt brauchte ich schon die Erlaubnis eines von hier entfernten Stabs, um den einäugigen Ahmed abzuholen, und ich musste jedes Mal mit den braununiformierten Soldaten sprechen, was mir immer noch nicht gelang.

Auch ich hatte das Gefühl, dass mir diese Gegend gehörte, und war jedes Mal mürrisch. Eigentlich sollte es gar nicht so schwer sein, aus dem Auto zu steigen, den Jungs familiär ein »Hallo allerseits!« zuzurufen oder aus dem Dorfladen eine zwei Liter große Bierflasche mitzubringen, damit sie an dieser so langweiligen Stelle einen Schluck zu sich nehmen konnten. Aber das schaffte ich nicht. Ich mochte weder sie noch diejenigen, welche diese Stelle zum fünften Quadranten erklärt und sich hier platziert hatten.

›Levanteotter, ich verstehe nicht, soll ich ihn passieren lassen? Er hat einen Passierschein. Soll ich ihn durchlassen?‹

›Wollt ihr euch nicht mal anders nennen? Zum Beispiel Dachs oder Maulwurf, aber das geht wohl nicht, oder?‹

Kreuzspinne legt sein Funkgerät zur Seite und mustert mich. Ich schaue ihm auch direkt in die Augen. Wie ich das hasse, wenn mich ein Uniformierter mit seinem Blick durchbohrt!

›Wieso das denn?‹ Ja, klar, noch sein Vater war Bauer. Würde er sich nicht mit diesem offiziellen Ton tarnen und ein ganz wenig natürlich sprechen, könnte ich sogar am Dialekt erkennen, aus welcher Ecke er stammt.

›Das wäre einfach besser.‹

Ich habe ein Problem. Ich reagiere viel zu langsam. Das passiert mir sehr oft. Eine Gefahr oder Bedrohung nehme ich erst so spät wahr, dass sie dann fast schon vorüber ist. In meiner Jugend habe ich ein paarmal so spät Angst bekommen, dass ich fast das Image eines furchtlosen Typen erwarb.

›Die Welt wäre besser, wenn sich die Soldaten überall als Dachse, Maulwürfe oder Igel bezeichnen würden.‹

Aber nein. Man sollte nicht mit den Beschützern der Heimat spaßen. Auch nicht mit der Heimat. Im Prinzip ist beides gefährlich.

›Kreuzspinne, lass ihn durch. Frag ihn, wohin er geht und wann er zurückkommt.‹

Das war im Herbst. Als ich im Frühjahr mit den Touristen und mit einem speziellen Passierschein ausgestattet hinkam, fanden wir kein einziges Königsrebhuhn mehr im fünften Quadranten vor. Obwohl die Wohnung von Ahmed bereits leer stand und die Schafe schon auf den Sommerweiden waren, wusste ich, ohne zu fragen, was passiert war. Die leeren Hülsen der abgeschossenen Patronen lagen wie gesät herum. Kakutsa meinte, sie würden es nicht wagen, aber wir wussten beide, dass er die Kontrolle über den fünften Quadranten verloren hatte. Die Militärs fürchteten ihn nicht und machten in der Grenzzone, was sie wollten. Das Königsrebhuhn aber ist ein armes Wesen. Es ist ein Wunder, dass es bis heute überleben konnte.

Kri, kri, kri! Es gibt immer noch ein paar Vögel, die in den Iori-Auen schreien. Und anstelle des fünften Quadranten wird uns der Damm zum Beobachtungspunkt. Von Jahr zu Jahr stellen unsere Ausländer im Frühjahr an dieser Stelle ihre Stative samt Teleskop auf und erwischen meistens ein oder zwei Königsrebhühner. Weit weg (aber für ein Swarovski spielt die Entfernung keine Rolle) auf der höchsten Zitterpappel befindet sich das turmähnliche Nest des Seeadlers. Gleich dort, in der Nähe, leben die Kaiseradler.

›Zwei verschiedene Adlerarten, so nah beieinander?‹, staunen die ausländischen Gäste. ›Das ist tatsächlich eine besondere Stelle.‹

›Hui, was ist das denn?!‹ Die Frau eines deutschen Bierbrauers entdeckt im Teleskop ihres Mannes etwas, das sie während der einwöchigen Reise zum ersten Mal lustig stimmt. Die Frau erklärt den anderen etwas, wonach sie ihre Teleskope alle in diese Richtung drehen.

Der nackte Kakutsa liegt im Iori und ist mit seinem Reinigungsritual beschäftigt. Am Ufer wartet Thoma neben seinen Sachen auf ihn. Aus dieser Entfernung erscheint das geheime Ritual durch die zehn Teleskope eher komisch. Ich weiß genau, was dort vorgeht, sage aber den Schwaben und ihren Frauen, die von Kakutsas Nacktheit begeistert sind, nichts.

Irgendwann zeigte ein betrunkener Abgeordneter, der im Winter zur Wildschweinjagd gekommen war, Kakutsa den Fluss Jordan. In einem Video auf seinem Handy badeten der Abgeordnete und andere Mitglieder seiner Fraktion im heiligen Fluss Jordan. Aber Kakutsa hatte kein Auge für sie. Weder für die blöden Abgeordneten noch für ihre Frauen. Der Jordan mit seinen Auen glich dem Iori, was ihn über die ähnlichen Namen grübeln ließ. Seine Vermutung teilte er auch mit mir. Eigentlich war es nicht seine Vermutung, sondern seine Überlegung, dass er einen Teil des heiligen Flusses bewohnte. Das erzählte er mir mit einer fast kindlichen Begeisterung.

Früher hatte er mir noch nie etwas Ähnliches erzählt, noch nie sein Herz ausgeschüttet. Von seinen Marotten und sonderbaren Ritualen erfuhr ich nur von Thoma. Und ich begriff, dass er alt wurde. ›Und sie wissen nichts davon, sie haben keine Ahnung!‹ Dabei zeigte er auf die Höhlen, die im weit entfernten Makratela-Gebirgszug als Punkte zu sehen waren, und auf das Kloster, das darunter gebaut wurde.

›Bärtige Männer sind gekommen‹, hatten ihm die verängstigten aserbaidschanischen Hirten vom Eintreffen der Mönche berichtet. Nach Jahrhunderten kehrten die Wüstenmönche wieder in die Zellen im Sandsteingebirge zurück. Nur mussten sie von dort erst andere vertreiben.

Das Schmutzgeierpaar musste sich eine neue Brutstelle suchen. Ihr Junges brachte ein Novize seinen Eltern, es würde wachsen und jagen. Der als Seeadler getaufte Schmutzgeier wohnt immer noch im gleichen Haus und verspürt keinerlei Lust zu jagen. Dafür hat er einen ausgezeichneten Appetit und beschmutzt alles um sich herum. Nicht umsonst nennen ihn die Deutschen Schmutzgeier.

Ich kann mir gut vorstellen, was die Mönche in deren Brutstellen vorgefunden haben: einen Haufen abgefressener Knochen und Schildkrötenpanzer. Und dazu einen unerträglichen Gestank.

›Das schaffen sie nicht. Auch wenn sie im Winter durchhalten, wird ihnen die Sommerhitze den Rest geben.‹ Kakutsa mochte die bärtigen Männer, die sich an der Grenze zur Außenwelt seines Herrschaftsgebietes angesiedelt hatten, von Anfang an nicht.

Erst schenkte er ihnen absichtlich keine Achtung, dann vergaß er zum Schein angeblich ihre Existenz, fuhr aber trotzdem oft mit seinem Pick-up bis zu der Stelle, von wo aus er mit dem Fernglas die Höhlen, unter ihnen den Bau, die geschäftigen Menschen und die mit Baumaterial beladenen

Autos beobachten konnte, die von reichen Geldgebern aus der Stadt geschickt wurden.

So wie dieser immer noch starke Mann an seinen Pickup gelehnt mit dem Fernglas in der Hand dastand, in der seine unzertrennliche, immer geladene, kurze, schwarze Winchester gelegen hatte, glich er einer Steppenpatrouille. Nur dass er hinterher war ... Dass er in all den Jahren, die er in seiner Behausung allein verbracht hatte, etwas zurückgeblieben war, spürte er sehr wohl. Er wusste über Gott und die Welt Bescheid und kannte in diesem winzigen Georgien jeden, der was zu sagen hatte. Jeder kam dort zum Jagen hin, weil es keine vergleichbare Gegend gab. Dieser Mann hatte geschafft, dass keiner ohne seine Erlaubnis mit einem Gewehr durch die Auen lief und sich keiner an seinem Wild vergriff. Dabei gab es dort die meisten Wildschweine und Rebhühner. Die blasierten Tifliser liebten es, hier zu jagen, und besuchten ihn über viele Jahre hinweg. Erst kamen die Geschäftsleute und die sogenannten Diebe im Gesetz, dann die gleichen Geschäftsleute zusammen mit hochrangigen Polizisten. Nur machten die Gäste von Kakutsa jetzt auch immer einen Abstecher ins Kloster, um ein wenig zu beten und erst dann am Iori zu jagen. Nicht nur die Städter waren so. Die nach Geld lüsternen, unersättlichen ehemaligen Kreisparteivorsitzenden, seinesgleichen Raubtiere, von denen er vieles mit Schmiergeld bekommen hatte, was er nicht an sich reißen konnte, trugen nun große Kreuze und vertrauten angeblich nur noch auf Gottes Gnade.

›Wie geht es dir?‹ – ›So Gott will, gut ... Betreibst du

immer noch die Zementfabrik?‹ – ›Momentan steht sie still, aber wenn Gott will …‹ Er selbst war noch nie im Kloster gewesen. Sein Stolz hinderte ihn daran, hinzugehen. Er hat es auch nicht gebraucht. Er hatte alles, was er gebrauchen konnte. Nach ihm würde sowieso kein Hahn krähen, das wusste er. Solange er aber noch am Leben war, beherrschte er ja den Zwilling oder Namensvetter des heiligen Flusses Jordan.

Das Kloster schaffte sich keine Schafe, dafür aber Rinder an. Eines Tages jagten ihre Hirten Kakutsas tatarische Hirten von dessen eigenen Weiden fort, weil sie angeblich keinen Segen hätten. Mit seinem Pick-up machte sich Kakutsa wütend auf den Weg und wirbelte Staub auf. Je näher er der Makratela-Gebirgskette kam, desto langsamer wurde er und stoppte dann vollends an der Grenze. Am Abend konnte er von dort aus durch das Fernglas beobachten, wie die Herde in den neu errichteten Stall einkehrte. Er saß bis zum Einbruch der Dunkelheit im Auto. Es war stockdunkel, als er schließlich den Motor anwarf und nach Hause zurückfuhr. Irgendetwas hatte er vermisst, irgendwie war er zurückgeblieben. Seine Ländereien glichen immer mehr einer Falle – von der einen Seite benötigte man die Erlaubnis der Uniformierten, von der anderen den Segen der Bärtigen.

Auch seine georgischen Hirten besuchten nun vereinzelt den Gottesdienst und hielten sich von der Arbeit fern. Danach erzählten sie Thoma, dass die klostereigene Rinderherde nicht mal von den Wölfen bedrängt würde.«

»Du sprichst oft von seinen Ländereien, Weiden, Damm,

Fluss und Wald ... Das muss ein riesiges Territorium sein. Hat er das alles gekauft?« In der Dunkelheit kommt es mir so vor, als ob der Engländer gähnt.

»Nicht gekauft, aber gepachtet. Soviel ich weiß, hatte er nur das Jagdhaus und die Bungalows privatisiert. Das Haus wurde einst auf Geheiß des Vorsitzenden des Zentralkomitees Sowjetgeorgiens, Wasil Pavlovitsch Mschawanadse, errichtet, der ein leidenschaftlicher Jäger war. Angeblich war er in dieser Gegend oft unterwegs.«

»War das der, dessen Ehefrau einen Tick für Edelsteine, teuren Schmuck und Pelzmäntel hatte?«

»Davon weiß ich nichts.«

»Aber ich. Damals habe ich schon zum Thema Sowjetunion gearbeitet und recht viele Artikel über die Führer der Sowjetrepubliken und den Besitz ihrer Familien geschrieben.«

»Ja, aber was hat denn die Frau von Mschawanadse damit zu tun? Ich habe davon erzählt, dass er gern gejagt hat. Soll ich fortfahren?«

»Ja, tue mir den Gefallen!«

»Mschawanadse besuchte oft die Iori-Auen. Deshalb war das Jagdhaus zu seiner Zeit im besten Zustand. Sein Nachfolger zeigte hingegen keinerlei Interesse daran. Wenn er überhaupt Hobbys oder Interessen hatte, waren es ganz andere. Während seiner Regierung blieb das Haus Staatseigentum und für die lokale Nomenklatur ein Ort des Zeitvertreibs mit Frauen, weil es von allem weit abgelegen war. Egal welche Orgien dort veranstaltet wurden, es erfuhren weder die eigenen Ehefrauen, noch selbst die Vorgesetzten nichts davon. Die Legende besagt, dass Kakutsa das Haus am Iori-Fluss schon als Kind ins Auge gefasst hatte, als er mit seinem Vater Schafe weidete. Vielleicht stimmt das ja alles gar nicht.

Ende der Achtzigerjahre begann dann der Bau des Staudamms und damit der Bungalows für die Bauarbeiter. Der Fluss Iori wurde zu Irrigationszwecken gestaut, das war eines der letzten Großprojekte der Kommunisten. Der Fluss wurde zwar gestaut, aber als das Bewässerungssystem installiert werden sollte, fiel die Sowjetunion auseinander und damit ging auch das Geld aus. Eine ganz andere Zeit war angebrochen, die Zeit der Verwirklichung der eigenen Träume.

Und Kakutsa schaffte es, das von ihm ins Auge gefasste Haus und die Bungalows der Bauarbeiter zu kaufen. Er hat sie sehr bald bescheiden, aber für dortige Verhältnisse bequem eingerichtet und als Jagdwirtschaft registriert. Damals hat er alles Umliegende, die Weiden, Hügel, den Damm und die Auen, für neunundneunzig Jahre gepachtet. Ich weiß, es ist ein reiner Zufall, dass unsere Gesetzgebung eine Pachtfrist von neunundneunzig Jahren vorsieht, aber die Zahl Neun steht in Georgien für die Unendlichkeit. Wir sagen zum Beispiel Sonne Neunäuglein, das neunte Siegel, hinter neun Bergen … Er hatte gleich zweimal die Neun in seiner Pachtfrist und würde also für immer und ewig der Herrscher dieser Gegend sein.«

»Dir zuzuhören ist ein Vergnügen. Wir sollten jetzt aber

schlafen gehen. Es ist Zeit, sowohl für dich als auch für einen so alten Reisenden wie mich.«

Der Stuhl neben mir quietscht, die Taschenlampe leuchtet auf, aber im Halogenlicht kann ich der Dunkelheit nur den Holzboden und das Holzgeländer der Veranda entreißen. Jenseits der Veranda ist pechschwarze Nacht.

»Der heilige Fluss aber war niemals in seinem Besitz. Er floss nur dort durch. Nach georgischer Gesetzgebung kann ein Fluss nicht gepachtet werden.«

»Frühstück wie immer früh um acht?«

»Wie immer ...«

»Gute Nacht.«

»Gute Nacht, Sir!«

Ich bleibe allein in der Dunkelheit zurück und ahne noch nicht, dass ich eine schlaflose Nacht vor mir habe.

3. Das Dokument

Das alles passierte, nachdem ich von einem alten Mann abgelassen hatte und mir nur die vergilbten Papiere eines anderen alten Mannes übrig geblieben waren. Er gab sie mir vor ungefähr drei Tagen, damit ich sie, wenn ich wollte, vor dem Einschlafen lesen konnte.

Er hatte es überhaupt nicht nötig, mir dieses Dokument zu geben.

Ich habe es nicht nötig, dieses zu lesen, und schon gar nicht vor dem Einschlafen ...

Die Papiere brauchte keiner mehr; auch dort, wo sie her sind, würde sich keiner mehr dafür interessieren. Dieses abscheuliche Dokument hat weder mit unserer Reise noch mit den Geschichten zu tun, die wir uns erzählten, und ist absolut aus dem Kontext gerissen.

Zum Ende der Reise hin habe ich die Initiative ergriffen und bin immer gesprächiger geworden. Jetzt bin ich der Erzähler und er der Zuhörer. So gefällt es mir besser. Alte Leute quatschen ja so gern. Diese Dokumente waren wie eine kleine Rache von ihm. Er wollte damit sagen, dass er viel mehr über uns und das winzige Land wusste, das er zum ersten Mal besuchte, als ich mir denken konnte. Als Gegengewicht zu meinen verrückten Erzählungen flegelte er mir nur dieses Dokument hin und übertraf damit alles. In seinem Koffer hatte er am Boden, unter den Klamotten, noch viele andere Dokumente verstaut. Er reichte mir gleich das Erstbeste und versprach, mir auch die anderen zu geben, wenn mich das interessierte.

Nein, danke! Das eine reicht schon. Nicht mal das hätte ich gelesen, wenn ich nicht zuvor einen anderen, angenehmeren Greis aufgegeben hätte. In dieser Nacht legte ich dessen Buch zur Seite und machte mich an die vergilbten Papiere. Meinem geliebten Latino erwies ich nicht gebührend Ehre, denn ich habe sein langes und langweiliges Buch nicht zu Ende gelesen. Es ist natürlich schmerzlich, zu beobachten, wie jemand altert, den man liebt. Aber die lebende Legende der lateinamerikanischen Literatur hätte es mit seinem gesamten Lebenswerk und frühen Romanen, die wie Granaten explodieren, zumindest verdient, dass man seinen letzten, durch Tristesse sentimental stimmenden Roman zu Ende liest. Ich aber las stattdessen die Beichte eines Unmenschen, der sich vor vierzig Jahren irgendwo in einer ausweglosen Lage befunden hat. Nachdem ich das Dokument zu Ende gelesen hatte, entdeckte ich ganz am Ende, dass das Verfassungsdatum mit meinem Geburtsdatum übereinstimmte.

Das war die Schrift einer lebenden Leiche. Den Engländer fragte ich nicht nach dessen Schicksal, er hätte es sowieso nicht gewusst. Es hätte ihn nicht mal interessiert. Dieser Mann musste sterben und ist sicher bald danach gestorben, und es gab auch keinen, der seinen Tod bedauert hätte. Der Autor dieser Schrift wäre nicht mal lebendig zum Gericht gelangt, weil niemand seine Beichte gebrauchen konnte. Ich hatte schon mal was über solche Menschen gehört und diese Papiere waren für mich keine Überraschung. Doch außer dem Abscheulichen gab es darin noch etwas, das mich bis zu Ende wachhielt. Die beschriebenen Geschichten selbst, der trockene, emotionslose Ton der Erzählung, die reine Dokumentation und noch etwas ...

Warum sind die Dokumentaraufnahmen einer Ermordung viel erschreckender als die Spielfilme der besten Regisseure oder die Beschreibungen brillanter Autoren, so wie die meines geliebten Latinos?

Das hier war die Beichte eines Gewalttäters, der mit der Polizei kollaborierte. Eines Gefangenen, der jahrelang im Gefängnis andere Gefangene schlug und vergewaltigte. Die anderen Gefangenen wussten oft nicht, ob er einen speziellen Auftrag dazu hatte oder ihm das alles zur Gewohnheit geworden war.

Das Original des unheimlich langen Dokuments musste handgeschrieben sein. Im Gefängnis hat ihm wohl kaum eine Schreibmaschine zur Verfügung gestanden. Es lässt sich auch nicht nachvollziehen, ob das Original auf Russisch geschrieben oder von unseren Dissidenten übersetzt worden war, um es jenseits des Eisernen Vorhangs zu bringen, damit es die Analytiker, wie mein Engländer, im Westen lesen und die Sowjetverbrechen aufdecken konnten. Es war eher ein Geständnis als eine Beichte, da die Beichte auch Reue beinhaltet, darin aber alles stand außer Reue. Es war nicht für den Westen geschrieben, sondern für die hiesigen – Tifliser oder Moskauer (wenn es denn auf Russisch geschrieben war) – Obermänner. Ihnen galt das Schreiben und von ihnen erhoffte sich der Verfasser etwas. Wenn einer hoffnungslos ist, klammert er sich an jeden Strohhalm – ganz umsonst! Das Tier saß in der Falle und gestand all die Verbrechen, die er seit Jahren begangen hatte, und nannte dabei ausnahmslos alle, die ihn beauftragt hatten. Das waren viele, sehr viele Namen. Die vergilbten Papiere waren mit ihrer Aufzählung vollgeschrieben, samt den Aufgaben, die sie erteilten. Die Gewalttaten selbst waren sehr sachlich, protokollarisch trocken und kurz gehalten: Man brachte ihn an dem oder dem Tag des Jahres soundso in meine Zelle, und ich verprügelte ihn. Man brachte ihn an dem oder dem Tag des Jahres soundso in meine Zelle, und ich machte ihn zur schwulen Sau. Auf Russisch klingt das noch komischer. Das war alles.

Nur hatte er am Schluss übertrieben und zufällig jemanden getötet, den er nicht töten sollte. Er hatte überhaupt nicht die Aufgabe zu töten, sondern etwas ganz anderes. Derjenige, der diese Person zu ihm reingelassen hat, beging seinerseits auch einen Fehler. Der Umgebrachte war mit jemandem verwandt oder bekannt, er hatte oben einen Schutzpatron und war noch dazu unschuldig. In Erwartung der Verurteilung wegen Totschlags und der höchsten Strafe befand er sich nun in einer ausweglosen Lage und nannte alle Polizeibeamten, in deren Auftrag er jahrelang vergewaltigt und geschlagen hatte. Viele Namen waren mir bekannt. Auf diesen vergilbten Blättern erscheinen sie wie stumme, gestaltlose Schatten.

Vor fast zwanzig Jahren hat es mich in ein Museum verschlagen. Ich war in Brügge, in Belgien, in einer Stadt, die selbst einem wohlgepflegten und mit Greisen bewohnten großen Museum gleicht. Damals war ich das erste Mal jenseits des vor Kurzem gefallenen Eisernen Vorhangs. Meine Eltern hatten mir auf den Weg gegeben, möglichst viele Museen zu besichtigen. Mir ist von Brügge und allen anderen Museen in Belgien nur ein Bild für immer in Erinnerung geblieben: ein riesiges Gemälde eines weniger bekannten Renaissancekünstlers aus dem Norden. Ein auf dem Tisch gespreizter Mann wird darauf bei lebendigem Leib gehäutet. Grauenvoller als die Tat und das schmerzverzerrte, entsetzte Gesicht des Opfers ist dabei der geschäftige Gesichtsausdruck der Täter selbst. Sie vollziehen einfach nur ihre Tat, und genau dieses geschäftige Treiben erzeugt das Gefühl einer erschreckenden Ausweglosigkeit, die mich beim Betrachten dieses Bildes überkam, das mich bis heute als wahres Gesicht des Bösen verfolgt. Weder ein vor dem Spiegel geübter dämonischer Gesichtsausdruck noch eine rasende Menschenmenge beängstigen mich so sehr wie das alltäglich routiniert verrichtete Böse.

Diese vergilbten Papiere beinhalteten nur ein Protokoll der über Jahre hinweg verrichteten Arbeit, nichts weiter. Ob der Autor des Dokuments wirklich eine Begnadigung erhoffte? Jetzt musste er bei lebendigem Leib gehäutet werden und sicher hat man das auch getan, ohne groß zu überlegen, daran zu zweifeln oder ihn zu bemitleiden. Eine weitere Tat wurde verrichtet und vergessen. Sie aber blieben, die wichtigsten, unsichtbaren Gewalttäter.

Und genau in diesem Jahr wurde ich in eine Familie geboren, die sich mit einer selbst errichteten unsichtbaren Mauer von der Außenwelt abgeschirmt hatte. Kein Fremder oder Unbekannter hatte darin Zutritt. Meine Kindheit war irgendwie eine sonderbare Zeit ... Damals kannten wir das Wort »Loser« noch nicht und es klang überhaupt nicht pathetisch oder lustig, wenn meine Mutter sagte: »Man sollte immer auf der Seite der Verlierer sein.« Meine Eltern wussten weder von den berüchtigten Polizisten noch von den Banditen etwas. Keiner von denen gelangte durch ihre unsichtbaren Wände. Die Geschichten von den Polizisten und Banditen habe ich auf der Straße erfahren. Dort war es das einzige Thema. Wahrscheinlich ist es heute genauso, nur mit anderen handelnden Personen. Die längst vergessenen handelnden Personen meiner Kindheit sind mir nun plötzlich aus diesen alten Papieren entgegengeflogen und haben mir den Schlaf geraubt. Die Bullen aus meiner Kindheit hatten dem Verfasser dieser Papiere eine Menge Aufträge erteilt. Hin und wieder kamen auch die Verbrecher vor. Im Protokoll des Sadisten tauchte zum Beispiel in einem Absatz der mythische Bandit Duru Churtsilawa auf, der, wie ein wildes Tier, erbarmungslos war. Man erzählte sich über ihn solche Geschichten, dass er fast schon als Übermensch betrachtet wurde. Durch das Versehen der Gefängnisaufsicht sei der Verfasser des Dokuments in dessen Zelle gelandet und dieser habe ihn blau geschlagen. Schade, dass ihn Duru nicht zu Tode geschlagen hat, dann müsste ich dieses abscheuliche Zeug nicht lesen. Also stimmte es doch, was man von Churtsilawas übermenschlicher Stärke erzählte, der Verfasser des Geständnisses war selbst ehemaliger Boxer und nicht so leicht zu schlagen. Er landete immer wieder im Gefängnis wegen der Schlägereien, die er betrunken anzettelte. Sein Markenzeichen sei, den Geschlagenen die Hand zu brechen.

Er wurde dann auch außerhalb des Gefängnisses beauftragt, und nicht nur von der Polizei. Ab und zu verlangte der Sicherheitsdienst nach ihm. Es ist vorgekommen, dass sie ihn aus der Zelle geholt, angekleidet und direkt in das Hotel Iveria geschickt haben, um irgendeinen Ausländer kennenzulernen. Der Autor wusste nicht, wer diese Leute waren. Er wusste nur, dass es Ausländer waren, die eine Vorliebe für Männer hatten. Er musste sie kennenlernen, ihnen näherkommen und sie verführen. Diese Aufgabe hat er wohl mit Bravour erledigt. Eine ähnliche Mission musste er einmal sogar in Jerewan erfüllen. Er wusste auch, dass der Sex mit den Ausländern heimlich gefilmt wurde.

Die Namen der Geheimdienstoffiziere kannte er nicht. Dagegen war die Liste der Polizisten endlos – vom einfachen Ermittler bis hin zu den Generälen. Ich habe darin einen Bekannten entdeckt, einen Bullen, der eine gewisse

Menschlichkeit bewahrt hatte und nicht nur die Seinen und Fremde unterschied, sondern für die Seinigen wirklich alles möglich machte. Auch solche Leute hat es gegeben ... Ich habe ihn vor einigen Jahren im Restaurant gesehen, umgeben von Kindern und Enkelkindern. Es muss sein Geburtstag gewesen sein. Ich wollte schon hingehen und gratulieren, aber er hätte mich nicht erkannt. Ich aber war ihm was schuldig. Als man mich einmal mit einem großen Jagdmesser erwischte, hat er sich für mich eingesetzt, und ich durfte meinen verdutzten Vater, der zum ersten Mal auf der Polizeistation war, ohne Weiteres nach Hause begleiten. Jetzt, da ich weiß, dass er einer der gewöhnlichen geschäftigen Gewalttäter war, tut mir mein Vater noch mehr leid, da er zu ihm kommen und ihn bitten musste. Er strich mir über das Haar, tätschelte mich und fragte die stämmigen operativen Mitarbeiter, die mich erwischt hatten: »Na, wer wird denn schon glauben, dass der Junge was Schlimmes anrichtet?« Ja, das könne keiner glauben, sagten die OPERs gelangweilt. Sie hofften, ein wenig Geld in die eigene Tasche zu wirtschaften, und diese Chance entging ihnen soeben. Dann lächelte dieser Mann meinen Vater an und fügte hinzu: »Der Sohn eines solchen Vaters kann kein schlechter Mensch sein, er hat einfach kein Recht dazu.« Nun fand ich ihn auch auf dieser Liste, noch als ganz jungen Offizier, der den Verfasser des Dokuments mit einer der Hässlichkeiten beauftragte.

Damals, an jenem so fernen Abend, kehrten Vater und ich mit dem Trolleybus von der Polizei nach Hause. Wir haben uns nicht angeschaut. Er musste unbedingt was sagen, er wusste, dass man in solchen Fällen etwas sagen musste, und suchte vergeblich nach Worten. Ich spürte das und wusste nicht, was besser war, dass er sie findet oder so stumm blieb. Der tschechische Trolleybus quietschte nervenaufreibend.

Schließlich sagte er mir doch:

»Merk dir eine Sache ... Mir ist lieber, du wirst verletzt, als wenn du jemanden verletzt ...« Das von mir aus dem Schreibtisch entwendete und aus dem Polizeirevier zurückbekommene Messer war in seiner Jackentasche.

Keine Ahnung, was mich damals geritten hat. Ein Rebell bin ich nicht gewesen und hatte auch in meiner Familie keinen Grund dazu. Vielleicht wollte ich gefährlicher aussehen, als ich war.

»Was ist dir lieber, dass ich töte oder getötet werde?!«

Er stieg schweren Herzens und in Gedanken versunken vor langer Zeit aus. Ich aber sitze immer noch hier, im quietschenden Trolleybus der Erinnerungen und Wehmut.

Draußen beginnt die Amsel zu singen und ich begreife, dass es bald Morgen ist. Ob ausgeschlafen oder unausgeschlafen, der Weg ist immer ein Ausweg. Obwohl ich mir fest vorgenommen habe, dem Engländer nichts zu sagen, wird es mir beim Erwähnen des »Big Game« dennoch rausrutschen. Wir befinden uns im Pantischri-Canyon und besichtigen am Felsen die Schwalbenstadt. Die Nester sind leer und die Jungen schon längst ausgeflogen.

»Das war ein Entschluss meines Vaters. Er empfahl mir,

Russisch zu lernen. Damals war das von Vorteil. Jetzt ist die Lage in Russland hin. Auch wenn es dank der Energieressourcen stark erscheint, ist es mit ihm vorbei. Darin sind wir uns mit anderen Analytikern einig. Ich nicht, aber du wirst es sicher noch erleben, wie Russland zerfällt. Keine Ahnung, was dieser Prozess für die Welt und insbesondere für dein Land für Folgen haben wird, aber du wirst es erleben und meiner gedenken. Jetzt lernen deshalb immer weniger Menschen Russisch. Wenn mich die jungen Leute um Rat fragen, empfehle ich ihnen jetzt, Chinesisch oder Arabisch zu lernen. Das sind die aktuellen Richtungen.«

»Gestern Nacht habe ich die Papiere durchgelesen, die Sie mir gegeben haben.«

»Wirklich? Welche waren das noch einmal?«

»Die aus dem Gefängnis ...«

»Und was sagst du zu alldem?«

»Beeindruckend ...«

»Ich hatte in Großbritannien einen Opponenten, einen Professor aus Oxford. Er hat meine Berichte zur Enthüllung der sowjetischen Verbrechen oft kommentiert. Er ist auch mehrere Male in Georgien gewesen. Unsere Auseinandersetzungen haben sich über Jahre hinweg gezogen. Sie hatten ihn angeworben. Er war praktisch ein Agent und gab sich als linker Intellektueller aus. Wir konnten es ihm nicht nachweisen, aber es war ganz klar, was passiert war. Er war in England verheiratet und hatte auch Kinder, aber er war homosexuell. Sicher wurde er mit jemandem zusammengebracht wie diesem Mann, der das Dokument verfasst hat.

Vielleicht war es sogar genau dieser. Man sollte sich nicht über Zufälle wundern, denn die Welt ist kleiner, als wir denken, und das Leben voller Überraschungen. Übrigens war der Westen damals sehr patriarchalisch. Kurz und gut, sie hatten kompromittierendes Material über ihn, sicher Fotos oder auch Videofilme der Akte.«

»Und wie ist eure Auseinandersetzung ausgegangen?«

»Er hat sich umgebracht. Das war der einzige richtige Ausweg, aber ich befürchte, zu spät.«

»So war das also alles?«

»Ja, so war es. Das ›Große Spiel‹ war eine sehr schmutzige Sache. Von den Sowjets war aber auch kein Gentleman-Benehmen zu erwarten.«

Ach, was hatte er für einen Hühnerhals, dieser Abkomme der Normannen, dessen Familienname bis auf das Jahr 1066 zurückreicht, als seinem großen Vorfahren nach der Schlacht von Hastings ein Gut in Devonshire übereignet wurde.

Landweg, Landweg, Landweg ... Der Weg ist ein Ausweg.

Der Posten von Pantischari erinnert mich an den fünften Quadranten. Nur haben sie sich nicht mit den nationalen Reptilien zufriedengegeben. »Kobra« prüft unsere Erlaubnis und fragt dann mit dem Funkgerät »Anakonda«, ob er uns durchlassen soll oder nicht.

Noch in den Sechzigerjahren trieben sich auf den Samuchi-Feldern Herden von Gazellen herum. Nach Aserbaidschan ist es von hier ein Katzensprung. Auf diesen abschüssigen Feldern erkennt man schwer, wo ein Land endet und das andere beginnt. Man erzählt sich, dass es jenseits der Grenze immer noch vereinzelt Gazellen gibt. Keine Ahnung, ich bin nie dort gewesen.

Das Samuchi-Tal ist jetzt leer. Die Stallungen sind verriegelt. Schon sehr bald wird sich das Tal mit Schafen füllen. Die Herden sind bereits vom Gebirge ins Tal unterwegs. Wir sind ihnen überall begegnet. Bald werden Schafe und Schäfer hier eintreffen.

»Im Februar kann man in diesem Tal Zwergtrappen beobachten.«

»Wirklich?! Ich habe sie in Spanien gesehen. Außerdem habe ich dessen Vetter, den Arabischen Trappen, gesehen, als ich noch ganz jung in der Sahara gelandet bin. Es war frühmorgens. In der Wüste gibt es wunderbare Sonnenaufgänge. Die Trappen rannten vor unserem Jeep herum. Ich war schon seit einigen Monaten in Algier und hatte die Wüste noch nicht gesehen. Unvergesslich der Tag, als ich zum ersten Mal die Sahara erblickte. Seitdem habe ich wohl nie mehr so ein starkes Erlebnis gehabt ...«

»Wenn das Wetter im Februar umschlägt und man Glück hat, kann man Scharen von Tausenden Zwergtrappen erwischen. Ich habe es schon mal gesehen.«

»Hier?«

»Nicht hier. Hier habe ich nur wenige gesehen. Im fünften Quadranten habe ich einmal eine riesige Schar gesehen. Es waren sicher um die zehntausend Flügel ...«

»Wieder dieses verlorene Paradies. Du beschreibst diese

Gegend mit großer Sehnsucht. Kannst du mir bitte sagen, welcher Gegend sie ähnlich ist, damit ich mir das besser vorstellen kann?«

»Ich glaube, sie ähnelt New Mexico ...«

4. Der Ort

»Levanteotter, hier Kreuzspinne. Der gleiche weiße Land Rover. Empfange. Es sind zwei Personen. Sie wollen in den fünften Quadranten. Der Fahrer hat eine Erlaubnis, die zweite Person keine. Warte auf Anweisung.«

Levanteotter versteht sicher alles, aber seine Stimme verliert sich und man hört im Funkgerät nur noch ein Röcheln.

»Dass du es nicht satthast, mich zu quälen. Levanteotter hat es auch schon satt. Bin doch nicht das erste Mal hier. Wir fahren zu Ahmeds Haus und wieder zurück. Nach Aserbaidschan wollen wir bestimmt nicht abhauen.«

Der wüstenfarbene Soldat macht einen Schritt in meine Richtung. Er rückt sein Gewehr auf dem Rücken zurecht und schaut ins Auto. Der Wind weht durch das offene Fenster und summt über das weite Feld. Wir beäugen uns gegenseitig. Unsere Gesichter befinden sich auf kritischer Distanz. Nur dass er direkt vor mir steht, mit einem Maschinengewehr auf dem Rücken, ich aber im Land Rover sitze, die Hände auf dem Lenkrad.

Indessen dreht sich meine Passagierin, selbst in Tarnkleidung, zu uns um. Sie hat bis dahin, ohne ein Wort zu sagen, geraucht und teilnahmslos in die Landschaft gestarrt. Nun lehnt sie sich mit einer noch gleichgültigeren Miene mit dem linken Arm auf mein Knie und zieht mit der rechten Hand ihre Papiere aus der Brusttasche. Sie tut es auf eine betont männliche Art, indem sie die Papiere aufschlägt und dem Soldaten irgendwie gelangweilt und schleppend überreicht. Die Grenzpatrouille salutiert ihr wie beim Militär üblich und gibt uns ein Zeichen zum Weiterfahren. Dabei nickt er mir verständnisvoll zu, als verstünde er nun, warum ich so übermütig bin. Ich wusste wirklich nicht, was in den Papieren stand, und wollte es auch nicht wissen. Ich wollte sie nicht danach fragen, wirklich nicht ...

Nachdem der Weg freigegeben ist, rollt unser Land Rover unbekümmert durch das Gelände. Nach dem Grenzposten geht es ein Stück bergauf, dann rasen wir über ein weites Feld. Vor uns breitet sich das Felsmassiv der Alesilebi aus, und dort ist es tatsächlich wunderschön. Links vom Weg zieht sich eine riesige, ausgetrocknete Schlucht hin, durch die zu schlendern eine Wonne ist. Die Schlucht reißt die Steppe zwischen den Lehmhügeln und dem Alesilebi-Felsmassiv auseinander. Hier ist ihre offene Mündung, das Ende befindet sich irgendwo in Aserbaidschan. Ich luge zu meiner Mitreisenden hinüber und erkenne bei ihr keinerlei Gesichtsregung.

Unter den vielen anderen in Camouflage war sie mir sofort aufgefallen, was ja nichts Verwunderliches ist. Das Auftauchen einer Frau am Iori ist schon ein ungewöhnliches und nennenswertes Ereignis. Durch Autohupen, gegenseitige Zurufe, das Jaulen der Hunde, die aus den Kofferräumen sprangen, und das Gebell von Kakutsas Schäferhunden wurde ich schon am frühen Morgen geweckt. Alle waren Angehörige der machthabenden Strukturen. »Das ist der Oberste der Militärpolizei mit seinen Gästen aus dem Ministerium«, flüsterte mir Thoma zu.

Es waren ziemlich viele. Außer den Gästen hatte der Oberste der Region die besten Jäger und ihre Hunde als Treiber mitgebracht. Sie waren mit eigenem Proviant angereist. Im eiskalten Speiseraum wurde auf die Schnelle Tisch gedeckt.

»Auf unser Kollektiv!«, sagte ein junger, hagerer Mann in Tarnkleidung. »Es ist mir eine Ehre, mit euch zusammenzuarbeiten! Eine Ehre und Verantwortung zugleich. Ein fauler Apfel steckt ja alle anderen in der Kiste an. Stimmt doch, oder?«

»So ist es ...«

»Du kennst aber tolle Trinksprüche! Äpfel, sagst du? Man merkt sofort, dass du aus der Apfelgegend um Gori stammst!«

Unter den vielen Uniformierten war nur einer, der einen dicken Bauch und einen stämmigen Opernsängerhals hatte, ein alter Schweinehund aus meiner Jugend. Die anderen waren mir unbekannt. Einen Speckbauch hatten sie auf keinen Fall, eher passten sie durch einen Reifen, wenn ihre Schultern nicht zu breit gewesen wären. Sie tranken nicht mal vor der Jagd. Gewöhnlich ließ es Kakutsa bei Gästen nie an Wein und Wodka fehlen. Der Alkohol sei die Rettung der Tiere und Vögel in den Auen und Felsen, meinte er. Betrunkene Jäger waren weder gut bei Fuß, noch konnten sie genau zielen. Aber diese Typen waren anders. Ihre Knie, Augen und Arme waren gut in Form. Ein kurzer Imbiss, zwei oder drei Gläser Alkohol und sie brachen auf. Vorher verteilten sie die Gewehre, die in der Ecke angelehnt standen, und wechselten ein paar Worte über die Ballistik; wie kleine Kinder mit Vorliebe für Waffen und Kriegsspiele. Radscheba erzählte mal, dass sie Spaß an gefährlichen Spielen hätten. Er hat schon mal für sie gearbeitet. Wir sind zur gleichen Jahreszeit hinter den Vögeln her, ansonsten haben wir beide unseren festen Job.

Ich bin freischaffender Fotograf, Radscheba ist freischaffender 3-D-Grafiker. Man hatte ihn für ein Projekt eingestellt und sogar gut bezahlt. Das war ein großartiges Team – die besten der allerbesten Grafikdesigner, die im Auftrag der Polizei Computerspiele erstellten. Radscheba erfand den Sergeanten Gotscha Dgebuadse, einen breitschultrigen Patrouille mit untadeliger Haltung. Ich durfte ihn sogar sehen. Am Ende der Mission tauchte eine Spezialeinheit auf, doch Gotscha Dgebuadse hatte die Geisel bereits befreit und alle Banditen und Schweinehunde erlegt. Der Oberste der Spezialeinheit schüttelte dem mutigen Sergeanten die Hand und gratulierte ihm ein wenig betrübt; er hätte ihnen wenigstens einen der Banditen überlassen sollen. Im gläsernen Palast des Innenministeriums war bei der Präsentation des Projekts die Begeisterung unter den Generälen groß, sodass sie sich den Joystick gegenseitig aus den Händen rissen. Radscheba war auch dabei.

Die Jäger brachen auf und ließen die Frau allein vor dem Kamin zurück. Kakutsa und Thoma hätten sich nicht um sie gekümmert, also musste ich ran.

»Hier gibt es wohl keinen Empfang, oder?«, fragt mich die Frau am Kamin. Sie macht überhaupt nicht den Eindruck einer einsamen, verlassenen Person. Ihr Gesichtsausdruck hat etwas Unzufriedenes, als wenn der ganze Tag schiefgelaufen und man zu guter Letzt an einem Ort gelandet ist, wo es keinen Telefonempfang gibt.

»Am Damm gibt es Empfang.«

Ihr Gesicht drückt noch mehr Gereiztheit und Unzufriedenheit aus. Wo dieser Damm denn sei, fragt sie mich schließlich.

»Gar nicht weit weg von hier. Ich kann dich mit dem Auto hinfahren.«

Sie nimmt mich das erste Mal richtig wahr. Das Duzen hat sie überrascht. Mir ist das egal. Mir ist alles ziemlich egal und das muntert mich mit einem Mal auf. Das Auftauchen der Jäger am Iori hat mich nie besonders froh gestimmt, aber eine Frau, wenn auch uniformiert, muntert mich schon auf …

Mit dem Handy am Ohr schreitet sie am Damm im Wind wie auf einem Laufsteg auf und ab. Es sieht nicht danach aus, als ob ihr jemand diese Camouflagehose zur Jagd ausgeliehen hat. Die Uniform gehört ihr und ist keine gewöhnliche. Die Hose passt ihr wie angegossen und scheint für sie entworfen zu sein. Wie sie so, einem Model gleich, den Damm auf und ab schreitet, ist sie nicht übel anzuschauen. Nur spricht sie so lange, dass mich diese Show langsam nervt. Soll ich vielleicht auch jemanden anrufen, damit sie nicht denkt, ich kenne keinen? Aber außer Radscheba fällt mir keiner ein, und den habe ich schon am Vortag von der hier aus angerufen.

Endlich macht sie Schluss. Sie kommt zum Wagen, öffnet die Tür und im gleichen Moment hören wir einen doppelten Schuss, der mit dem Windrauschen aus der Aue von unten kommt. Die Polizisten sind noch bei der Jagd.

»Machen wir einen Ausflug?«

Messer – im Hals, Fettschwanz – im Mund!

Sie versucht es sich auf dem Beifahrersitz gemütlich zu machen und holt eine Zigarettenschachtel aus der Tasche. Wenn mir aber eine Frau sagt, wir sollten spazieren fahren, müsste sie zumindest ein wenig fröhlich dabei sein, sodass man Lust bekommt, das Auto in Bewegung zu setzen und über die Felder zu jagen. Sie hingegen ist weder fröhlich noch interessiert, sondern nur gelangweilt.

»Was hältst du vom fünften Quadranten?«

»Was ist das?«

»Das müsstest du besser wissen, so nennen es deine Leute.«

Sie zuckt nur mit den Achseln und zieht an der Zigarette. Kaum ist eine verglimmt, zündet sie sich eine neue an.

Nach dem Grenzposten rase ich mit dem Land Rover über die Felder, durch den fünften Quadranten. Sie schaut nur geradeaus und gelegentlich mal zur Seite. Ich könnte aber schwören, dass sie in Wirklichkeit gar nichts sieht. Ich fahre noch einen kleinen Hügel hinauf und bleibe dann abrupt stehen. Wir haben Ahmeds Schafherde, die über das Feld verstreut ist, fast eingeholt. Von hier aus lässt sich alles sehr gut überblicken. Am Rande der Herde trägt ein Hirte zwei neugeborene Lämmer. Es ist Lammzeit, und sie werden direkt in Eis und Schnee geboren. Bei dem kalten Wetter müssen die Hirten gut aufpassen, um Ahmed, aber auch Kakutsa nicht zu verärgern. Die Hunde folgen der Herde nacheinander und verspeisen die auf dem Feld herumliegenden Plazentas. Ihnen folgen zwei Mönchgeier, die die Reste der Plazentas entdeckt haben. Die Vögel sehen zwischen dem strohfarbenen Gras und den Schneeresten wie zwei schwarze Flecken aus. Ich kurbele die Autoscheibe runter und fotografiere sie. Wind und eisige Kälte strömen ins Auto. Die Entfernung ist zu groß, auch für mein Objektiv. Ich zoome das Bild heran und zeige es ihr. Sie hat kein Interesse. Sie hat überhaupt kein Interesse an irgendetwas. Sie fragt nicht mal, was das für Vögel sind. Warum ist sie überhaupt mitgekommen, was will sie?

Was soll ich ihr denn sagen oder zeigen? Genau unter dem Alesilebi-Felsmassiv sieht man Ahmeds Stallung. Man sagt Ahmeds, hier gehört aber alles Kakutsa. Es war seins, bevor sie diese Stelle den fünften Quadranten nannten. Es gibt viele Hirten, aber nur sehr wenige wie Ahmed. Die Tuschen nennen so einen Mann »Berater«. Mit nur einem gesunden Auge mit einem verschrumpelten alten Augenlid darüber, erkennt er in der Herde unter tausend Schafen jedes einzelne. Ahmed ist eben Ahmed, der Hirte aller Hirten. Wäre diese Frau neben mir dazu fähig, ein wenig zu lächeln und ordentlich zu grüßen oder ein wenig Interesse zu zeigen und sich anders zu benehmen, wäre ich weitergefahren. Wir hätten bis zur Stallung fahren und uns von der Frau des alten Oberhirten mit Tee und Halwa bewirten lassen können. Dann würde unser Ausflug wenigstens einen Sinn haben. Wir hätten vor der Heimkehr der Schafsherde die neugeborenen Lämmer in der Stube neben dem Ofen vorgefunden. Dann würden die Schäfer den Lammstall öffnen und eine hungrige weiße Wollknäuellawine hinausrollen lassen. Die Lammlawine kracht gewöhnlich mit einem ohrenbetäubenden Blöken gegen die Mutterschafherde. Dann zerfällt sie und jedes Lamm findet seine Mutter und seinen Anteil Milch. Wer es nicht schafft, dem kommt der einäugige Ahmed zu Hilfe, der unter Schafen alt gewordene »Berater«. Mit einem gekrümmten Stock angelt er sich die verirrten Lämmer und führt sie unfehlbar genau zu ihren Müttern.

Wäre diese Frau ein wenig anders, würde ich ihr die Geschichte vom Schaf mit dem angefressenen Fettschwanz erzählen, das ich vor zwei Tagen gefunden habe. Oder ihr zumindest die Fotos zeigen ... oder das Objektiv auswechseln und sie fotografieren. Auch wenn mir die Fotos vom einäugigen Hirten immer besser gelingen als die Fotos von schönen Frauen.

»Hier gibt es wieder keinen Empfang, oder?«

Schade, dass es hier keinen Empfang gibt! Sonst hätte ich auch irgendwohin telefoniert, um nur nicht so stumm dazusitzen. Ich hätte wenigstens Radscheba angerufen. Wenn ich bloß einen verdammten CD-Player im Auto hätte, um Musik anzustellen. Aber ich weiß nicht mal, welche Musik ich ihr angestellt hätte. Ob sie schon immer so war? Oder ob die Camouflageuniform und der Eintrag in ihren Papieren sie dazu gemacht hat? Wie sagt man dazu? Amt oder Rang? Zwar heißt Rang immer noch Rang und Amt bleibt Amt, aber ich drehe mich abrupt um und stürze mich, ohne ein Wort zu sagen, auf die grüngemusterte Uniform. Ich überlege nicht mal lange, ob eine Frau, die einen in den fünften Quadranten begleitet, sich unbedingt auch ficken lässt. Mir fällt nur nichts anderes ein. Erst als ich mich auf sie stürze, merke ich, wie ich sie hasse. Sie weist mich nicht zurück, zieht ihren Mund und Hals nicht weg. Ich lasse nicht ab, fasse sie an der Jacke und ziehe sie zu mir. Ich ziehe sie fast vom Sitz und entledige sie schichtweise der Camouflage. Ich hasse jegliche Uniformen, aber auch die so ohne Eile aus der Tasche gezogenen Papiere. Bald wird in meinem Land Rover, mitten im fünften Quadranten etwas passieren, das einer Szene aus dem Roman meiner lateinamerikanischen Literaturlegende gleichkommt. Auch wenn ich ihren Rang nicht kenne, bin ich fest entschlossen, sie militärisch zu entehren. Meine Wut und mein Verdruss helfen mir dabei. Keiner wird mich jetzt noch aufhalten können, nachdem ich gesehen habe, wie üppig sie unter der Camouflage ist. Noch einige Schichten und dann werde ich sehen, wie sie ist. Von einem Birdwatcher ist sie bestimmt noch nicht gefickt worden! Noch ein wenig und ich werde mit einer etwas scharfen Bewegung ihr *centro gravedad* bezwingen. Ich werde es an den groben Salonboden nageln. Wir haben es fast erreicht – die andere Seite des Todes, die apfelsinenfarbigen Stimmen und unsichtbaren Bälle: »unter Frauen, BHs, Hieroglyphen!«. Vorwärts, im Namen der lateinamerikanischen Legenden und der Unterdrückten aller Regime!

Plötzlich treffe ich unter der Camouflage auf die rote Miederwäsche – einen Spitzen-BH, einen Tanga und zur Krönung des Ganzen einen goldenen Anhänger mit der Erkennungsmarke, ihrem Namen, Vornamen und der Blutgruppe ... Verdammte Scheiße! Bin ich am Iori oder in Saigon?! Als ob das alles so lustig ist. Keine Ahnung, nur dass der Gott des Lachens, falls er in irgendeiner Mythologie existiert, der allererste Feind des Eros ist. Das Lachen verdirbt alles. Ich lache los und kann mich nicht mehr beherrschen. Ich mache alles kaputt und muss immer mehr lachen. Als ob ich was geraucht hätte, weil man nur bei Marihuana so verrückt lachen muss. Meine Fans, die Latino-Kommandanten mit je zwei Vornamen, ob tot oder lebendig, schütteln ihre greisen Köpfe. Miguel Ottero, Mario Vargas und du, Gabriel Garcia – ich bin euch kein guter Lehrling! Hahaha, kaum denke ich an sie, bekomme ich schon wieder einen Lachanfall. Der vom Lachgott bezwungene Eros hat sich schon längst verflüchtigt. Keinerlei Verlangen. Ich lache wie verrückt und kann mich nicht halten.

»Du bist wohl ein bisschen blöd, oder?« Sie wickelt sich

wieder ein, geschwind, eins nach dem anderen, in ihre Kraut-Camouflage. Es ist kalt . .

Was soll ich denn darauf antworten? Wahrscheinlich bin ich ein wenig blöd. Und dass sie nicht mal wütend ist und man nicht versteht, warum sie nicht wütend ist: Weil ich sie überfallen oder weil ich von ihr abgelassen habe? Sie bittet mich auch nicht, zurückzufahren, sondern raucht nur. Ich nehme mir auch eine Zigarette von ihr, weil ich meine vergessen habe.

Draußen hat sich nichts verändert. Die Schmutzgeier sitzen noch am selben Fleck und der Wind pfeift immer noch über das mit Beifuß bewachsene Feld. Nur die Schafherde ist ein wenig weiter gezogen, weiter weg von uns.

»Es sieht hier wie in New Mexico aus ...«

Sie schaut sich noch einmal teilnahmslos um.

Dann eben New Mexico, Hauptsache, sie schweigt! Lass uns Seite an Seite die Friedenspfeife rauchen, denke ich. New Mexico, die Chiricahua-Apachen, die Friedenspfeife und ein tief in der Erde vergrabenes Kriegsbeil.

»Ich war fünfzehn, als mich meine Eltern wegschickten, das war so ein Austauschprogramm. Ich lebte in einer Familie in einem richtigen Dorf. Mit fünfzehn kam ich dort hin und mit sechzehn wieder zurück. Das eine Jahr werde ich meinen Eltern nie verzeihen.«

Fast hätte ich sie gefragt, ob sie ihre Eltern vielleicht verhaften hat lassen, überlege es mir aber schließlich anders.

»Ich war in einer Familie untergebracht, die ich nicht mochte. Auch in der Schule im gleichen Ort mochte ich keinen. Ich hatte nur zwei Freundinnen, die Zwillinge waren. Sie haben auch keinen gemocht. Dort trugen alle Piercings: am Bauchnabel, in der Nase, im Ohr, an der Augenbraue. So ganz ohne ist niemand herumgelaufen. Eine Kleinstadt in New Mexico ist ein ganz anderes Amerika – ein wahres Dorf. Außer dem Country-Club gibt es nichts, wohin man ausgehen kann. Wir hassten Country. Und wir besuchten diesen Club nicht. Weißt du, was unsere Lieblingsbeschäftigung war? Die Schwestern nahmen oft heimlich das Auto ihrer Eltern und wir fuhren auf den Highway. Dabei schwiegen sie meistens. Ich saß hinten. Wir fuhren so stumm auf den Highways spazieren, rauchten nur bis zum Platzen unserer Lungen und hörten Musik. Die Umgebung war so ähnlich wie hier, nur bessere Straßen, asphaltiert, kerzengerade und unglaublich. Wir fuhren und fuhren die langen Strecken entlang, als ob wir etwas zu erledigen hätten. Ich und die mit Piercings behängten Zwillinge, die ich nicht unterscheiden konnte. Und die Straßen – so lang und gerade ausgestreckt ...«

»Eine Freiheit, die überhaupt keine Freiheit war.«

»Das Herumfahren war immer noch besser als andere Beschäftigungen. Einem Kind sollte man so etwas nicht antun. Wo zum Teufel haben sie mich da bloß hingeschickt?! Das werde ich ihnen nie verzeihen. Fuck!«

»Aber du hast wenigstens die Sprache gelernt. Die hast du doch gebrauchen können? Heutzutage bedeuten Englisch und PC-Kenntnisse alles.«

Sie tut mir fast leid, aber das kann ich mir nicht erlauben. Mir ist alles lieber, als sie zu bemitleiden. Ich werfe den Wagen an.

»Sollen wir umkehren? Mal sehen, was deine Löwenkerle erlegt haben?!«

»Lass uns gehen, die müssen ja auch behütet werden. Sie sind genauso blöd ...«

Ich wende den Land Rover und fahre langsam zurück.

»Willst du meine Visitenkarte haben? Wer weiß, wozu du sie gebrauchen kannst ...«

»Nein, danke. Darauf steht bestimmt dein Dienstgrad und ich bekomme nur einen Schreck!«

Sie zuckt mit den Achseln.

»Dann eben nicht! Halt noch mal kurz am Damm an. Ich muss ein paar Anrufe erledigen. Hätte ich das gewusst, hätte ich mein Satellitentelefon mitgenommen. Das liegt sowieso nur unnütz bei mir rum.«

Wenn sie wenigstens zornig oder eingeschnappt wäre. Dann hätte unser Ausflug wenigstens einen Sinn.

»Du bist ein sonderbarer Mensch.« Der Engländer beißt in die Gurke. Wir stehen an einem heißen Ort und haben auf dem Autodeck ein kleines Picknick ausgebreitet.

»Ich bin noch nie einem Mann begegnet, der so bildhaft und detailliert über sein amouröses Fiasko mit einer Lady erzählt. Das Gemüse schmeckt in diesem Land wirklich hervorragend!«

»Das behaupten alle, ich meine, das mit dem Gemüse. Auch Sie sind kein gewöhnlicher Mann, Sir. Außerdem sind wir ja nur Menschen. Wer hat nicht schon mal ein oder zwei Fiaskos erlitten?«

»Hm, ich hatte ein Mädel in Hong Kong.«

»Und ich auf der Insel Okinawa.«

»Meinst du das im Ernst?«

»Nein, wie denn?! Habe nur Spaß gemacht. Die Karte meiner romantischen Abenteuer umfasst wie bei den meisten meiner Landsleute hauptsächlich einige mit slawischen Stämmen bewohnte postsowjetische Länder. Wir hatten unser eigenes großes Spiel und, glauben Sie mir, auch unsere großen Siege.«

»Du hast die Eigenschaft, ständig wie ein Akrobat auf dem schmalen Grat zwischen Ironie und Frechheit zu balancieren. Hast du denn keine Angst, abzustürzen? Du hast mich auch vorhin unterbrochen. Das akzeptiert nicht jeder. Deine Geschichten gefallen mir. Sie machten unsere Reise viel interessanter, als ich mir das hätte denken können. Aber du bist immer noch ein Birdwatcher-Guide und ich dein Kunde. Die Rangordnung sollte eingehalten werden.«

»Entschuldigung, Sir, ich wollte Sie nicht verärgern. Manchmal weiß ich selbst nicht, was ich rede. Bitte verzeihen Sie mir und fahren Sie fort. Sie sprachen von einem Mädchen aus Hong Kong. Erlebten Sie Ihr Fiasko in Asien? Man erzählt sich wunderbare Sachen über die Frauen aus dieser Region!«

»Ein Fiasko habe ich tatsächlich erlebt, aber nicht in dem Sinn, wie du das meinst. Wer weiß, was man dir so erzählt hat, aber sie war wahrhaftig ein wunderbares Wesen. Ihr

Name war der einer Blume. Und sie glich tatsächlich einer aufgeblühten Blume. Sie war die letzte Freude eines Mannes, der vor der Alterspforte stand. Irgendwann wirst du das auch erleben. Dass Großbritannien im gleichen Jahr Hong Kong für immer verlassen hat, war purer Zufall.

Ich hatte mal einen Nachbar, der in seiner Trunkenheit immer die gleichen sonderbaren Worte wiederholt hat: *Die Liebe schließt nie ihre Augen! Wo immer man mit dem Finger hineindrückt, dringt sie heraus!* Ich habe ihn nie nüchtern erwischt, um zu fragen, was das bedeutet. Sein Geheimnis nahm er mit ins Grab. Wie bin ich jetzt darauf gekommen?!«

»Wir müssen uns beeilen, Sir. Die Tage sind schon kürzer, und wir haben nicht mal die italienischen Spatzen entdeckt.«

Nach der schlaflosen Nacht am vorigen Tag geht es mir noch ganz gut, aber das Essen hat mich plötzlich ermüdet. Ich kenne diesen Zustand. Dia Augen fallen mir dann allmählich zu und es wird immer schlimmer. Ich schlafe auf dieser holprigen, menschenleeren Straße fast am Steuer ein. In solchen Fällen hilft schon ein kurzes, zehnminütiges Nickerchen oder wenigstens ein Gespräch mit jemandem. Wehe dem, der in solchen Momenten niemanden zur Seite hat.

»Wissen Sie, Sir, mir gefällt dieser Job sehr gut. Ich glaube schon, ein Guide zu sein. Ich bin meinem Kompagnon zutiefst dankbar, dass er sich den Job ausgedacht hat. Wir sind ja die Ersten im Land. Vorher ist keiner auf diese Idee gekommen. Wir sind hier die ersten und bisher die einzigen. Vögelbeobachten ist keine südliche Beschäftigung. Sie wissen sicher besser als ich, dass sich nur die Westeuropäer dafür interessieren. Aber mit ihnen zusammen besucht uns hier, am Iori, die halbe Welt. Das ist das Beste.« Ich erkläre sofort, was ich meine. »Wir führen unsere Kunden auch zu anderen Stellen, zum Beispiel in das Kaukasusgebirge. Immerhin ist das Ziel aller Birdwatcher, die nach Georgien kommen, das Kaukasuskönigshuhn, das Kaukasusbirkhuhn, den Berggimpel und natürlich den Riesenrotschwanz zu sehen. Dass wir in Kasbegi zwei der vier Arten zu sehen bekommen haben, ist ein wahrer Glücksfall. Wenn Sie sich an unsere Korrespondenz erinnern, habe ich Ihnen nicht versprochen, auch nur eine der vier Arten zu sehen. Im Herbst ist das fast ausgeschlossen. Wenn Sie irgendwann im April oder Mai kommen, bei wenig Schnee, garantiere ich Ihnen, alle vier zu sehen. Ich wollte damit sagen, dass unser Business saisonbedingt ist. Zwei Monate im Frühjahr und die Migrationszeit der Vögel im Herbst. Dennoch ist der Frühling wichtiger. Im Frühjahr arbeiten wir beide bis zum Umfallen; von Mitte April bis Anfang Juni. Trotzdem werde ich nicht müde, weil ich mich für die Menschen und ihre Erzählungen interessiere. Die meisten Birdwatcher sind sehr ordinäre Menschen, die in Gegenden gewesen sind, wo ich nie hinkommen werde. Ich habe schon längst keine Illusionen mehr, irgendwann Patagonien oder die Galapagosinseln zu erblicken, oder den Sonnenaufgang in der Sahara, so wie Sie ... Mir gefallen die Erzählungen sonderbarer und eigensinniger Menschen. Nehmen Sie es mir nicht übel, mir ist die Philosophie der Vogelbeobachtung fremd, auch wenn sie mich zu einer gewissen Jahreszeit ernährt. Wie gesagt, erstens bin ich auch ein echter Südländer und zweitens interessieren mich Vögel als Teil der gesamten Umwelt und nicht nur als Vögel allein. Oh, ich vertraue diese Ketzerei nur Ihnen an, denn Sie sind kein gewöhnlicher Birdwatcher. Meinen Kunden, die in Gruppen anreisen, würde ich das nie offenbaren. Das würden sie nicht verstehen. Ich habe die Birdwatcher schon zweimal als ordinäre Menschen bezeichnet, aber unter ihnen schon viele tolle Naturkundler getroffen. Die Geschichten, die sie erzählt haben, und sie selbst habe ich nicht vergessen. Von denen habe ich wirklich viel gelernt! Das geschieht immer wieder am Iori. Diese Stelle hat es in sich. Außer dem Kloster, dem Grenzposten und den Hirtenställen gibt es weit und breit nichts. Ende April setzen sich auch die Schafherden in Richtung Berge in Bewegung und es bleibt dort fast keiner. Eine völlig öde Stelle, wo Kakutsa sein Gut eingerichtet hat. Dort kam es irgendwie immer zur Katharsis, wenn wir am Abend dasaßen und Geschichten erzählten. Wir tranken, was uns Kakutsa anbot, und aßen, was uns Walja Chamutowa zubereitete, die man extra während der Saison aus der Bezirksstadt eingestellt hatte. Das waren glückliche Frühjahrstage. Eine Jahreszeit, in der man die Existenz der Jäger gänzlich vergisst; wenn ringsum alles grünt, die *Iris iberica* blüht und sich alles paart außer den Menschen.

Haben Sie schon mal Schildkrötensex beobachtet? Eine ganz sonderbare Sache. Sie stöhnen wie die Menschen, besonders die Männchen. Aber vorher krachen sie mit dem Panzer auf den Panzer des Weibchens. Bum, bum, bum, ein sehr dumpfes Geräusch. Und man hört die Zusammenstöße der Schildkröten überall im Gebüsch, immer im April, zu Beginn unserer Saison. Bum, bum, bum ... Man könnte fast verrückt werden, sie sind überall. Sogar Thoma schaute dem Liebestanz der Schildkröten gern zu. Dann nahm er sich immer eine filterlose Zigarette und setzte sich dazu. ›Diese Luder! Oh, wie sie es treiben!‹ Währenddessen stöhnen sie weiterhin unverschämt zu seinen Füßen. ›Diese Luder!‹

Nein, auch die Menschen überkommt zu dieser Jahreszeit etwas. Thoma wich nicht von Waljas Seite, die geschäftig in der Küche herumwirtschaftete, und zitierte ihr aus Lermontovs *Borodino* im russischen Original. *›Skaschika djadja, wejd ne darom ...‹* (›Sag mal, Onkel, doch ja nicht umsonst ...‹), aber er stockte nicht am Anfang, sondern las das Poem in einem Atemzug vor. Der unansehnliche ältere Mann, fast schon ein Zwerg, las Lermontov mit khisikischem Akzent (er kenne das Poem noch aus der Schulzeit, jawohl!); wie ein kleiner, unschöner Hahn plusterte er sich auf. Ich musste lächeln. Kakutsa zwinkerte mir zu. Walja, die auch schon längst nicht mehr schön ist, schubste den kleinen Mann aus dem Weg und trug ein Tablett voll Teller in den Speisesaal. Dort hatten sich fünf Kalvinisten um einen Tisch versammelt und nuschelten still das Abendgebet vor sich hin.

Ты смотри! Они что, тоже в бога веруют?, schau mal! Die glauben wohl auch an Gott?, staunte Walja jedes Mal.

Der Sechste war ein holländischer Sozialist und solange seine Freunde beteten, starrte er ironisch zur Decke hinauf.

Nach dem Abendbrot rauchten der Sozialist und ich draußen eine Zigarette.

›Vor zwei Jahren waren wir zu sechst zur Antarktis unterwegs. Trotz unserer unterschiedlichen politischen Ansichten sind wir Freunde und reisen stets gemeinsam. Als ich in der Antarktis von Bord ging, bin ich zwischen den Seelöwen und Pinguinen umhergelaufen, die am Strand lagen. Dann setzte ich mich dazwischen auf einen Stein, holte mir eine Zigarette raus und weinte. Ich weinte und weinte und konnte bei Gott nicht aufhören. Ich wollte nicht aufhören, weil ich auf eine ganz wilde, uralte Welt gestoßen war. Eine Welt, die schon viel früher als ich auf diese Weise existierte. Zumindest möchte ich, dass sie so erhalten bleibt.‹

›Ich mag nicht, wenn sie so über uns kreisen.‹ Der große Schwede zeigte mir die weit über uns am Himmel kreisenden Gänsegeier. Dann spuckte er den vom Kautabak grünen Speichel aus. ›Vielleicht ist das eine Marotte von mir, aber es ist mir irgendwie nicht geheuer. Sie kreisen über uns, schauen herunter und mir ist, als ob sie viel mehr über meinen Gesundheitszustand und meine Krankheiten wissen als mein Hausarzt.‹

Der Schwede war schon seit dreißig Jahren auf der Suche nach einem Heckensänger. Er war in Tunis und in der Türkei, in Andalusien und auf dem Peloponnes gewesen. Zuletzt entdeckte er ihn am Iori. Der Singvogel saß auf einer Paliurkreuzdornhecke und war im Teleskop wunderbar zu sehen. Der Schwede schaute mal auf den Vogel im Teleskop und dann immer wieder in den ›Vogelführer Europas‹ seines berühmten Landsmannes, Lars Svensson. Der nach oben geringelte Schwanz des Vogels, die weißen Augenbrauen sahen der Abbildung ähnlich. Er war es bestimmt, aber der Schwede glaubte es nicht ganz. Der Vogel flog davon und hinterließ ihn noch trauriger und nachdenklicher als zuvor.

›Vor ungefähr zwanzig Jahren habe ich in Marokko die Dünnschnabelbrache gesehen. Zusammen mit einem zwar betagten, aber sehr rüstigen Dänen, mit dem ich bis heute in Briefkontakt bin. Er ist Präsident des Birdwatcherclubs seiner kleinen Stadt. Hin und wieder schickt er mir Fotos, die ihn mit seinem Enkel zeigen. Ja, ich hatte also Glück und habe diesen Vogel gesehen. Du weißt bestimmt, dass es ihn nicht mehr gibt. Er ist ausgestorben. Schon damals war er so gut wie ausgestorben, und wir haben dennoch einen erwischt. Wir wussten, dass er an diesem Ort vielleicht noch existierte, und haben ihn schließlich entdeckt. Es fällt mir unheimlich schwer, diese Emotion auszudrücken – ich betrachtete also einen Vogel, den es nicht mehr gab. Einen Vogel, den keiner mehr zu sehen bekommt. Ich dachte, ich würde mich freuen, aber es war keine Freude, sondern eher Trauer ... Das war in Marokko, 1991. Die Stelle, wo wir die Dünnschnabelbrache gesehen haben, heißt Merja Zerge. Wer weiß, was für einen Planeten wir unseren Enkeln hinterlassen ... Leider denken wir fast nicht darüber nach.‹

›Schauen Sie mal den hier an!‹ Ich fand mit seinem Teleskop etwas, das ihn wieder aufmuntern würde. Auf einem kleinen Lehmhügel saßen Seite an Seite eine Blauracke und ein Schwarzfrancolin. Wenn ich eine Nahaufnahme davon hätte machen können, wäre sie sicher weltweit abgebildet worden: Eine türkis-blaue Blauracke, die die Ostgeorgier als Judentaube bezeichnen, und ein Schwarzfrancolinmännchen mit weißen Pünktchen und einer roten Robe am Hals.

›Das ist ja fantastisch!‹, stimmte mir der Däne zu und griff dann erstaunt in seine Tasche. ›Eine SMS, gibt es hier doch Empfang?‹

›Nur hier, am Damm.‹

Der Däne starrte auf das Display.

›Bin Laden wurde in Pakistan getötet …‹

›Die Araber haben den Kontakt zur Wüste abgebrochen.‹

Am liebsten hörte ich dem beleibten, griesgrämigen Belgier zu. Er hatte sein ganzes Leben in arabischen Ländern verbracht, um dort Vögel zu erforschen. Er kannte die Zeiten, als die Wüstenkinder noch ganz arm, gastfreundlich und genügsam waren. Heutzutage sei die Wüste nicht mehr ihr Zuhause, ihre Heimat. Außer einem Häufchen Beduinen kenne sich kein Arber mehr in der Wüste aus. Und wenn eines Tages die Ölvorräte ausgehen (das werden sie bestimmt), bleiben sie vis-à-vis dem fruchtlosen Sand, der ihnen zur feindlichen Umgebung werden wird.

Ich hatte schon geahnt, dass mir der Däne nicht mal Weihnachtsgrüße schicken würde. Ich spüre es immer genau, wenn ich einen Menschen das erste und letzte Mal sehe.

›Beim Ausbruch des ersten Golfkriegs war ich ganz in der Nähe. Damals führte ich in einem der Emirate ein Projekt zu den Zugvögeln durch. Den Qualm der brennenden und explodierenden Öltürme habe ich mit eigenen Augen gesehen – es sah aus wie ein riesiger schwarzer Vorhang. Auf CNN zeigten sie die Bilder der mit Öl verschmutzten Vögel, was den ganzen Westen berührte. Ist doch komisch, oder? Dort starben Menschen, und in Europa taten sich Freiwillige zusammen, um den Vögeln zu helfen. Gleich am Tag nach dem Fernsehbericht rief mich mein Chef aus Brüssel an und teilte mir mit, dass zehntausend Freiwillige bereitstünden, um zu kommen und den Vögeln zu helfen. Wir sollten etwas unternehmen!

Ich antwortete, es sei am billigsten und logischer, die vom Öl beschmutzten Vögel zu töten. So, wie es in Europa in ähnlichen Situationen üblich ist.

Mein Chef antwortete, es sei jetzt eine andere Situation und die Aufmerksamkeit aller auf den Golfkrieg gerichtet. Kurz und gut, wir sollten die Vögel waschen. Ich wollte nicht glauben, was er mir da sagte. Das Geld sei kein Problem, schob er hastig nach. Zu diesem Zweck sei schon eine riesige Summe mobilisiert. Die Spendengelder flossen, und nun hänge es von mir ab.

So begann unsere Arbeit. Ein arabischer Prinz stellte uns ein riesiges Gebäude zur Verfügung, wo wir mit Tausenden von Freiwilligen die Vögel wuschen. Wir probierten verschiedene Waschmittel aus, und eines davon war besonders effektiv. Sobald das Mittel im Fernsehen gezeigt wurde, kontaktierten uns die Hersteller anderer Waschmittel und boten riesige Summen an, wenn wir deren Produkte verwenden würden. Einerseits boten sie mir Schmiergeld an und sprachen anderseits über Themen mit mir, die ich überhaupt nicht verstehen konnte, über molekulare Prozesse und chemische Zusammensetzungen. Tatsache aber war, dass nur das eine Mittel das Öl besser beseitigte als die anderen. Das war die mit Abstand sonderbarste Arbeit, die ich jemals gemacht habe. Wir wuschen die Vögel, und sie berichteten jeden Tag auf allen Sendern der Welt von uns, nebenan aber war Krieg.‹

Der Belgier hatte einen ganz besonderen Blick und wirkte wie ein Mensch, der sich gern für etwas aufopfert. Er entdeckte in seinem Fernglas immer etwas, was die anderen nicht mal im Teleskop sehen konnten.

›Wolf!‹, sagte er knapp und alle richteten ihre Teleskope in die Richtung, in die seine Hand zeigte.

Auch die Wölfe waren ein Paar. Sie gingen hintereinander, der Rüde vorweg und hinterher das von den Welpen ausgelaugte, magere Weibchen. Ohne den Kopf zu heben, schlenderten sie mit der Leichtigkeit von Streunern auf nur für sie sichtbaren Pfaden.

Allein der Blick des Belgiers und das Swarovski vermochten sie zu erhaschen, sie waren sehr weit weg, an der Horizontlinie, die im Schein der untergehenden Sonne in der Hitze verschwand.

Unter ihnen strahlte die Erde die glühende Hitze ab, die sie tagsüber gespeichert hatte, und es entstand der Eindruck, dass sie ohne den Fuß auf den Boden zu setzen darüber in der Luft schwebten.

Und all das passiert im Iori-Tal jedes Frühjahr, immer und immer wieder. So glaubten wir es zumindest, aber alles hat einmal ein Ende, auch das.

Es endete unverhofft und ohne jegliche Vorzeichen in den letzten Junitagen dieses Jahres. Der Zwischenfall holte mich zu einem Zeitpunkt und an einem Ort ein, als ich völlig unvorbereitet dafür war. Die Heimat erinnert sich hin und wieder ganz überraschend an sich. Die Heimat und die Vergangenheit gleichen einem Greis aus Haut und Knochen, der einen plötzlich mit seinem zahnlosen Mund anlächelt und mit der mageren Hand so fest umklammert, dass man staunt, woher der Alte diese Kraft nimmt ...«

»Eine sonderbare Definition der Heimat!«

»Wenn Sie Ihnen missfällt, kann ich noch eine andere anbieten. Was sagen Sie zu dem unsichtbaren Sack, den wir mit uns herumschleppen? Ab und zu vergessen wir die Last, aber sie nimmt uns für immer unsere Leichtigkeit. Manchmal wird das Schleppen völlig unerträglich. Da gibt es nichts zu lachen. Sie tragen auch so einen Sack mit sich herum. Ich fürchte, Ihre Last ist schwerer als meine, Sir. Ich meine, dass man Großbritannien unmöglich mit einem so winzigen Land vergleichen kann, dass für sich allein im eurasischen Korridor steckt und auf der Karte kaum zu sehen ist.«

»Was ist denn im Juni passiert?«

»Ich bin nach Berlin gereist, aber sicher nicht, um Vögel zu beobachten. Auch wenn mir die Fütterung der weißen

Schwäne und Wasserhühner an der Spree mit Weißbrot immer ein sonderbares Gefühl der Sicherheit verschafft hat. Stopp! Schauen Sie mit dem Fernglas schnell auf den Tamariskenstrauch! Nicht die Autotür öffnen, sonst fliegt er davon. Ich meine den rechten Strauch. Wenn ich mich nicht täusche, müsste es eine Tamariskengrasmücke sein. Sie ist es, oder? Herzlichen Glückwunsch! Das ist wahres Glück. Ich hatte schon befürchtet, dass sie in den Süden gezogen sind.

Ich mag Berlin, der Aufenthalt dort ist nach jedem Frühjahr wie ein Orden, den man verdient oder auch unverdient bekommt. Aber das ist nicht so relevant. Ich kenne dort einige Cafés und Nachtclubs, wo meine Einsamkeit nicht so auffällt. Wo ich einfach herumsitzen und trinken kann, ohne dass mich jemand der Partnersuche verdächtigt. Die Georgier finden es äußerst wichtig, wie man über sie denkt, wie ihr äußeres Erscheinungsbild ist. Natürlich hätte ich nichts gegen eine Partnerin, bin aber Single. Das Geld, das Radscheba im Frühjahr mit den Vögeln verdient, gibt er Jahr für Jahr für die Einrichtung seiner Wohnung aus, die er auf Kredit gekauft hat. Es kommt immer etwas Neues hinzu. Inzwischen hat er seinen Kredit abbezahlt und die Wohnung bestens eingerichtet. Nur dass er jedes Jahr Zuwachs bekommt und sie kaum noch ausreicht. In meiner Wohnung kommen von Frühjahr zu Frühjahr keine neuen Möbelstücke hinzu, aber auch keine neuen Bewohner. Eher im Gegenteil. Deshalb kann ich mir die Aufenthalte in Berlin erlauben. Ich kann mein Geld, das mir die Vögel einbringen, vor den

Kreuzberger Linken und ihnen zum Trotz effektiv verschwenden. Glauben Sie mir, Sir, immer im Juni, wenn ich das Geld in der Tasche habe, fühle ich mich ausgezeichnet!

›Das ist Bombay, mein Freund, Bombay!‹, rief uns mein Vater hin und wieder lächelnd zu. Einen Satz, den er sich aus irgendeinem indischen Film gemerkt hatte. Dann wusste ich sofort, dass ihn jemand betrogen oder enttäuscht hatte. Denn dieser fröhliche Zuruf diente nur der Selbstermutigung, um sich ein Herz zu fassen. *Das ist Bombay, mein Freund, Bombay!* Diese Worte sollten ihn wie ein Talisman vor dem Übel der Großstadt und der ganzen Welt schützen. Nachdem er die Worte mit einem gezwungenen Lächeln ausgerufen hatte, machte er dann wie gewohnt weiter.

In jener Nacht hatte ich diesen Satz wie einen Ohrwurm im Kopf. Nicht, weil ich mich irgendwie schützen wollte. Diese Worte tauchten einfach auf und störten mich nicht mal. Berlin ist mir fremd, also auch ungefährlich. Ich schwebe in der Freiheit, die mir diese Stadt saisonal gewährt, und muss daran glauben, dass sie nie meine eigene sein wird. Am meisten gefällt mir ja in dieser Stadt das eigene Fremdsein.

In jener Nacht holte mich die Heimat während einer Bohemeparty ein, bei der ich zwar nicht glänzte, aber dennoch keine schlechte Figur abgab. ›Ein Fotograf aus Georgien‹, so wurde ich den Gastgebern vorgestellt, einem in Sesseln versunkenen Ehepaar, denen ich meine Hand reichte. Mein Name war der Person, die mich vorstellte, entfallen. Unsere schwer auszusprechenden Vor- und Familiennamen sind uns wahrlich ein schweres Los. Ich hatte mich ihr wohl in einer Bar als Fotograf vorgestellt. Hätte ich Birdwatcher-Guide gesagt, wäre sie nicht mitgekommen. Ja, genau, so habe ich mich vorgestellt: ein berühmter Fotograf aus Georgien. Unser Gastgeber war ein lebensmüder, langhaariger Schriftsteller. Seine junge Frau hatte überlange Beine, die fast schon am Hals ansetzten. Beide machten einen matten Eindruck und blieben fast den ganzen Abend in ihren Sesseln sitzen. Ringsherum vertrieben sich ihre Gäste die Zeit, und sie saßen wie Zuschauer da. Bis auf einige Male, zum Beispiel als ich an der von innen verschlossenen Toilettentür rüttelte und mich die Frau zurechtwies, ich solle mich gefälligst anstellen.

Es war eine coole Party, bei der man die Zigarettenkippen direkt auf den Boden warf und eine glitzernde Discokugel an der Decke hing und ihre Funken warf. Ein Birdwatcher-Guide würde nicht auf so eine Party passen, ein Fotograf aber schon. Ich war irgendwo in Berlin-Mitte, in der zweiten oder dritten Etage eines Altbaus mit hohen Räumen. Doch ich kannte die Gegend nicht und verlor nach der Rosa-Luxemburg-U-Bahn-Haltestelle die Orientierung, als ich meiner Begleitung im schwarzen Outfit blind folgte. Sie hatte einen leicht zu merkenden Namen und bahnte sich durch den dichten Freitagabendverkehr so gekonnt einen Weg, dass es eine Wonne war, ihr zu folgen.

Es gab viel zu trinken und eine Menge zu rauchen, sicher auch Kokain, das mir zwar keiner anbot, dessen Anwesenheit aber allgegenwärtig war. Ich erkannte seine teuflische

Wirkung im ekstatisch leichten Tanz der Männer und Frauen im Raum mit der Discokugel.

Das ist Bombay, mein Freund, Bombay!

Viele schöne Frauen. Meine Begleiterin war auch nicht übel. ›Ich bin Regisseurin und trage deshalb Schwarz. Das ist unsere Uniform: schwarze Sachen, knielange Kleider und Stiefel. Noch nie was davon gehört?‹

Wenn man in Berlin ein Stein hochwirft, trifft man damit sicher einen Künstler, Schriftsteller oder Regisseur, der auf Anerkennung wartet. Dass sie alle in Schwarz herumlaufen, wusste ich nicht.

›Was tragen denn die Regisseure in deinem Land? Oder dürfen Frauen dort keine Filme drehen?‹

›In seinem Land laufen sie mit Maschinenpistolen herum und nehmen einem die Jeans ab. Und sag bloß nicht, es sei nicht wahr! Fünfundachtzig hat man mir am Riza-See die Hose abgenommen …‹ Helmut ist ein versoffener, unrasierter Schauspieler, der Maria zur Party eingeladen hat. Maria hatte mich mitgebracht.

›Den Riza-See haben wir schon längst nicht mehr unter Kontrolle.‹

›Dafür habt ihr Parajanow! Der ist wirklich toll, kennst du Parajanow? Was zum Teufel bist du für eine Regisseurin, wenn du noch nichts von Parajanow gehört hast?!‹

In dieser Nacht habe ich noch oft auf Parajanow getrunken. Helmut hatte mich lange beobachtet, ehe er mich allein erwischte und mir sein wichtigstes Anliegen offenbarte:

›Ich will nicht, dass du Maria das Herz brichst, lass sie

in Ruhe!‹ Er kam mit seinem unrasierten Gesicht ganz nah und flüsterte mir das zu. Es war wie Flüstern, aber in Wirklichkeit schrie er mir direkt ins Ohr, damit ich in dem Lärm etwas verstehen konnte. ›Sie hat sich erst vor Kurzem von ihrem Freund getrennt. Sie war davon ziemlich mitgenommen und hatte eine schwere Depression. Sie braucht jemanden, aber bestimmt nicht dich!‹

›Braucht sie vielleicht dich?‹

›Ich bin zu alt. Ich bin Alkoholiker und außerdem schwul. Mich nicht! Aber dich auf keinen Fall! Du wirst ihr nur wehtun. Das steht in deinem Gesicht geschrieben. Du hast die Augen eines Zigeuners und Pferdediebes. Ich kenne euch, ständig seid ihr auf der Suche. In Georgien hat man mir die Jeans abgenommen!‹

›Jetzt schau mich mal an, schau, was ich trage – Jeans! Ich habe sie niemandem abgenommen, sondern gekauft. Das Problem gibt es schon lange nicht mehr. Und außerdem hatten wir Parajanow.‹

›Auf ihn könnt ihr stolz sein. Es lebe Parajanow! Schau, es gibt so viele Frauen hier. Wieso ausgerechnet Maria?! Sie kommt, sag ihr nichts davon, sonst bringt sie mich um!‹

Das ist Bombay, mein Freund, Bombay!

Dann erzählte mir Maria vom Drehbuch ihres nächsten Filmes, und der Mann hatte wirklich recht. Ich war tatsächlich auf der Suche, und es gab hier eine Menge Frauen, die eine leichte Beziehung suchten. Maria wollte ihren Film in Italien drehen, weil ihr alles Italienische gefiel. Dort sei das wahre Leben, die Sonne und Wärme. Mich hielt sie auch für einen Italiener, weil sie die Frauen genauso frech beäugten. ›Besser als die deutschen Männer sind sie jedenfalls. Von den Deutschen bekommt man nie ein ordentliches Kompliment, und dann wundert man sich, dass ich meine Filmheldin mit einem Italiener durchbrennen lasse ... He, Fotograf, hörst du mir noch zu?

Ein junges deutsches Ehepaar reist durch Italien. Anfangs geht alles gut, aber während sie durch die Toskana fahren, entdeckt die junge Frau, dass sie mit ihrem Freund nichts mehr gemeinsam hat. Unter der südlichen Sonne offenbart sich der unerträgliche Pragmatismus und Egoismus ihres Freundes. Die junge Frau geht fremd. Um den Konflikt zu verschärfen, lasse ich sie mit einer anderen Frau fremdgehen. Bei einer Fahrradtour wird das Paar von einem Unwetter überrascht. Völlig durchnässt suchen sie auf einem nahe gelegenen Hof Unterschlupf. Der Besitzer erlaubt ihnen, dort zu übernachten. Zwischen der Protagonistin und der Tochter des Hofbesitzers, einem italienischen Dorfmädchen, entsteht auf eine sehr natürliche und ungezwungene Weise Nähe. Sie lieben sich im Stall ... Na, was meinst du dazu, du berühmter Fotograf?‹

›Mir tut der junge Mann leid ...‹

›Meinem Produzenten auch ... Er ist ein richtiges Schwein. Er sagt, ich müsse das Ende umschreiben. Der Freund solle die beiden im Stall überraschen, und sie sollten sich schließlich alle drei lieben. Der deutsche Mann solle dabei beide Frauen befriedigen. Das ist doch eine Katastrophe, männliches Machogehabe gemischt mit Chauvinismus … und noch dazu eine Lüge, haha, und weißt du, was für eine Lüge?!‹

›Das ist Bombay …‹

›Was sagtest du?‹

›Nichts. Du hast recht. Das wäre ein anderer Film.‹

›Wenn ich den Schluss nicht ändere, gibt er mir kein Geld. Und als Hauptdarsteller will er mir einen seinesgleichen dummen und muskelprotzigen Nibelungennachkommen andrehen.‹

Es war vier Uhr morgens und alles ging dem Ende zu. Ich musste etwas unternehmen, wenn ich denn überhaupt noch was vorhatte. Ringsum hatten sich schon alle gepaart. Vielleicht bin ich auch schon gepaart und weiß nur nichts davon. Wozu hatte sie mich denn so weit mitgeschleppt? Eine heikle Sache! Inmitten dieser Zweifel sehe ich die beiden. Hinter Marias Rücken und hinter allem, hinter den tanzenden und knutschenden Pärchen, stehen zwei Kinder mitten im verqualmten Raum wie Gespenster oder eine Fata Morgana. Wann waren sie gekommen und hatten sich da hingestellt?

Ein blondes Mädchen um die vier Jahre alt, im Nachthemd, und ein etwas älterer blonder Junge im Schlafanzug. Sie standen stumm da, Hand in Hand, irgendwo zwischen Traum und Realität schwebend, und zu ihren Füßen lag regungslos ein ebenso blonder, vor sich hin dösender Cockerspaniel.

›Maria, was ist das?‹

›Kinder …‹

›Das sehe ich, dass es Kinder sind. Woher kommen sie?‹

›Das sind sicher die Kinder unserer Gastgeber.‹

Ich schaue wie gebannt auf die drei, die barfüßigen Kinder und den Hund. Irgendwas sehr Trauriges, fast Tragisches steckt in diesem Bild, sodass ich mich nicht abwenden kann. Auch wenn ich sie nicht als ganz reale Wesen wahrnehme, kommen mir völlig blöde Gedanken in den Sinn, wie etwa dass ich mit leeren Händen gekommen bin und nicht mal ein paar Bonbons eingesteckt habe.

Die Eltern erheben sich rasch aus den Sesseln und bringen die Kinder wieder in ihre Schlafzimmer. Nun glaube ich wirklich, dass das ihre Kinder und nicht Gespenster sind …

Währenddessen erreicht mich eine SMS aus der Heimat. Radschebas kurze, telegrammartige Nachricht trifft in dem Moment ein, als ich dem schläfrigen Cockerspaniel und den Hausherren hinterherschaue, die ihre Kinder in ihre Zimmer zurückschleppen. In Berlin ist es vier Uhr nachts, also in Tiflis schon früh am Morgen. Radscheba ist bestimmt gerade erst aufgewacht oder er hat die ganze Nacht durchgemacht.

›Unser Haus am Iori abgebrannt. Alles verbrannt, Thoma auch verunglückt. Tut mir leid.‹

Er hätte schreiben können: herzliches Beileid …

Unser Haus war abgebrannt, das nicht unser war …

Haben wir überhaupt etwas Eigenes?

Das ist Bombay, mein Freund, Bombay! Nicht umsonst musste ich immer wieder an die Worte meines Vaters denken.

›Warte mal, hey, du georgischer Fotograf, warte!‹ Helmut holte mich keuchend auf der Straße ein. ›Lass uns noch eine rauchen, hast du was dabei? Ich habe keine mehr.‹

Wir saßen auf dem Bürgersteig und rauchten.

›Es ist ganz richtig, dass du gehst, Maria verdient jemand Besseres. Sie hat genug durchgemacht. Sie ist wie ein Kind. Dein heimliches Abhauen könnte sich negativ auf ihr Selbstbewusstsein auswirken, aber es ist trotzdem besser. Ich bin dir hinterhergelaufen, um mich zu bedanken. Du scheinst ein Gentleman zu sein. Ein Gentleman aus dem Land Parajanows!‹

›Sag ihr, dass es mir leidtut ...‹

›Nein, nein, nein! Das ist nicht nötig. Das Leidtun macht nur alles kaputt. Viel besser, wenn sie dich für einen dahergelaufenen Schuft hält. Ich möchte mich irgendwie bedanken. Die Jeans kann ich dir nicht schenken. Wenn ich noch ein Paar hätte, würde ich dir diese sofort geben. Dafür rezitiere ich dir aus meinem letzten Theaterstück, wenn du willst?‹

Er stellte sich direkt über mich und schloss konzentriert die Augen. Dann öffnete er sie wieder.

›Ich bekomme jetzt nur noch die Rollen der verfluchten Nazioffiziere. Für eine richtige Rolle bin eben schon zu alt.‹

›Es gibt keine großen und kleinen Rollen.‹

›Das ist eine Lüge! Es gibt sie, und wie! Achtung!‹

Er schloss erneut die Augen, sammelte seine Kräfte, steigerte sich in die Rolle hinein und spuckte mich mit einem entsetzten Gesicht fast voll. Ich habe nur das Ende des Zitats verstanden: ›Heil Hitler!‹ Er knallte gekonnt Ferse an Ferse, schnellte mit der rechten Hand nach oben und grüßte nach Art der Nazimilitärs.

Ich war schon aufgesprungen.

›Viel Erfolg!‹

›Dir auch und pass auf dich auf.‹

Ich vergaß, nach dem Weg zu fragen, aber der Fernsehturm am Alexanderplatz war von hier aus wie ein Wegweiser zu sehen. In der Hoffnung, eine U-Bahn zu finden, schlug ich diese Richtung ein. Ich schritt durch menschenleere Straßen, zog das Handy aus der Tasche und las die SMS noch einmal. Etwas war zu Ende gegangen, sehr weit weg von hier und zugleich so nah. Ich hatte recht. Ein großer Abschnitt unseres Lebens war zu Ende gegangen. Sowohl Radscheba als auch ich waren zuerst wegen des Hauses und des Grundstücks traurig und erst dann wegen des kleinen, hässlichen Mannes.«

5. Thoma

Von Kakutsas Bruder erfuhr ich zuerst von einer *Molokanin* namens Walja Chamutowa: ›Wann immer Kakutz mich besucht hat (Walja nannte ihn Kakutz), ließ er den Wagen weiter weg stehen (er war immer mit dem Lada von seinem Vater unterwegs) und sein Bruder schlief darin wie ein Wachhund. Wer weiß, ob er den Wagen oder Kakutz bewachte.«

»Was für ein Bruder, Walja?«

»Na, der kleine, hässliche Thoma.«

Alles Geschichten aus der Jugend. Ich kann mir die junge Walja vorstellen und auch bei Kakutsa fällt mir das nicht schwer. Aber Thoma kann ich mir einfach nicht jung vorstellen. Ich sehe ihn auch als Jungen nur mit seinem alten Kopf vor mir.

Vor Kurzem zeigte ich Ihnen das Dorf der Molokanen, eine kleine, marginale Siedlung. Entlang der Hauptstraße sind die zwei georgischen Dörfer so sehr gewachsen, dass fast alles dazwischen verschwunden ist: die weißgetünchten russischen Häuser mit ihren blauen Fensterläden und Balkons. Vor fast einhundertsiebzig Jahren hatte ein selbsternannter Christus in Tambow den Molokanen befohlen, ihre Arbeit niederzulegen, sich ihre Sonntagskleidung anzuziehen und in Richtung des gelobten Landes, gen Kaukasus, aufzubrechen. Walja ist ein Nachkomme dieser Springer-Molokanen. Man bezeichnete sie als Springer, weil sich ihre Prediger während des Gottesdienstes wie Derwische bis zur Ohnmacht drehten und zu Boden fielen. Auf dem Boden liegend und in Trance begannen sie dann zu predigen. Ein eigenartiges Volk. Ich hab mal eine Fotoreportage über sie gemacht und einige Tage mit ihnen verbracht. Nein, Sir, sie springen und drehen sich heutzutage nicht mehr. Dafür sind die Bewohner der Dörfer zu alt. Die jungen Leute sind alle weggezogen. Man trifft nur noch weißbärtige Greise und alte Frauen mit bunten Kopftüchern im Ort an. Walja hat dort niemanden mehr. Sie wollte keinen Molokanen heiraten und meint, es hätte sie auch keiner von ihren Leuten genommen. Walja lebt in Masowka, einem kleinen Dorf unweit von Dedoplistskaro. Die Russen aus Masowka sind die Nachkommen der Soldaten, die noch vor der Revolution in Georgien im Dienst waren und hier geblieben sind. Von ihnen sind nur noch wenige übrig geblieben, und Waljas versoffener Mann, der wie ein Gespenst umherwandelt, ist einer von ihnen. Die Kinder sind schon längst aus dem Haus. Sie wartet wohl auf den Tod ihres Mannes, um dann zu den Kindern und Enkelkindern nach Russland zu ziehen. Sie wartet schon lange darauf, aber der Allmächtige lässt sich Zeit mit dem alten Mann, der eine fast kaputte Leber hat. Kakutsa hatte Walja jedes Frühjahr als Köchin und Geschirrspülerin bei sich eingestellt, wenn wir mit unseren Ausländern das Iori-Tal belagerten. Und er brachte sie am Ende der Saison immer mit seinem Pick-up zurück nach Masowka. Er hat sie wegen seiner Jugenderinnerungen eingestellt.

»Ich war immer schon eine Sünderin. In Ulijanowsk hat man uns nicht gemocht. Mein Vater ist früh verstorben, und wir litten große Not. Meine Mutter musste uns drei Kinder großziehen. Aus Not beging sie viele Sünden. Sie hat sogar Osterkuchen verkauft. Die Molokanen würden niemals Osterkuchen verkaufen. Es heißt, man würde den Leib Christi verkaufen, wenn man das tut. Meine Mutter buk den Kuchen zum Verkauf... Ich war fünfzehn und ein hübsches Mädchen. Kakutz holte mir die Sterne von Himmel, wenn er mich besuchte. Meine Brüder hatte ich nicht zu fürchten, eher fürchteten sie sich vor Kakutz. Er war so groß und stark, dass sich alle vor ihm fürchteten. Auch meine Mutter sagte nichts dazu. Wir waren sowieso eine sündige Familie. Meine Brüder haben sogar getrunken. Als Strafe für meine Sünden bekam ich einen Säufer und Nichtsnutz zum Ehemann. Kakutz roch immer nach Schafen, wenn er kam. Einst heizte ich ihm die russische Banja an, wie es bei uns üblich war. Er gefiel mir so, wie er war, aber ich wollte wissen, wie er riecht. Er kannte sonst kaum was außer Schaf und Wild. Er glich selbst einem wilden Tier. Einmal, als die Schafherde durch unser Dorf getrieben wurde, haben wir Mädchen zugeschaut. Damals sah ich ihn zum ersten Mal und sein Blick eines Wilden blieb bei mir hängen. Er hat ein stures Lastpferd schonungslos mit dem Stock geschlagen. Ich sagte ihm, dass es eine große Sünde sei, ein Tier so stark zu schlagen. Da blickte er mich auf eine Weise an, dass es mir kalt über den Rücken lief. Er war erst vor Kurzem vom Militärdienst aus Tschita zurückgekehrt, wo er Russisch gelernt hatte. Dort war er mit einem kasachischen Mädchen befreundet, deren Bild er mir sogar zeigte. Dumm wie ich war, weinte ich die Nacht durch. Damals verstand ich noch nichts vom Leben und von Männern. Ich wusste nicht, dass man als Frau so einen Mann nicht halten kann. Nicht mal hundert Frauen könnten ihn halten. Man konnte ihn überhaupt nicht halten. Alle haben sich auf den Sommer gefreut. Aber ich auf den Winter. Ich habe auf den Herbst gewartet, wenn die Schafe aus den Bergen zurückkehrten. Alle Schafherden, die an unserem Haus vorbeizogen, hielt ich für das Eigentum seines Vaters. Sein Vater wusste sicher von uns. Er lieh ihm sein Auto und schickte den Bruder mit, damit ihm nichts geschehe. Kakutz sagte, sein Bruder hätte ihn schon mal gerettet.«

»Walja, bist du dir ganz sicher, dass sie Brüder sind?«

Walja war gerade beim Geschirrspülen. Wegen der großen Hitze hatten mich die Schweizer Birdwatcher nach dem Mittagessen um eine Siesta gebeten. Ich beobachtete Thoma aus dem offenen Küchenfenster. Er hockte schon seit einer Stunde bei den Hunden und zog ihnen die Zecken raus.

»Ihr seid mir welche, Mutter wie Kind! Aber so prächtige

Hunde!« Er kraulte die Schäferhündin und ihren schon erwachsenen Welpen am Rücken. Ich hörte seinem Gemurmel zu, das wie ein Gebet bis in die Küche drang. Er schaute zum Fenster hinauf und sagte, die Schafe würden am nächsten Tag in die Berge getrieben und nur die Hündin würde mitgehen. Der Welpe würde bei ihm bleiben. Und er zog ihnen weiter die Zecken raus.

»Kakutz sagte immer, *moi brat*, mein Bruder. Kakutz kam später immer noch zu mir. Auch nachdem ich geheiratet hatte und nachdem er geheiratet hatte. Ich habe immer auf ihn gewartet, und er kam, solange ich noch einigermaßen aussah und nicht so verschrumpelt war wie jetzt. Ich war ein hübsches Mädchen, aber auch als reife Frau nicht übel anzusehen. Trotz der zwei Kinder, die ich gestillt hatte, war ich immer noch attraktiv. Wenn Kakutz kam, hab ich das vorher immer gespürt. Als ob er sich irgendwo in der Nähe versteckte und mich mit seinen wilden Augen ansah. Tatsächlich brauchte er sich gar nicht zu verstecken, sondern ging ganz offen bei uns ein und aus. Mein Mann war und ist immer schon ein Schlappschwanz. Bis heute ernähren wir uns dank Kakutz. Er hat Mitleid mit uns und unterstützt mich deshalb. Aber früher, in Masowka, verspürte ich beim Verlassen des Hauses immer, wenn er irgendwo in der Nähe war und an diesem Tag vorbeikommen würde. Mein Herz spürte und sagte es mir immer voraus. Ich lebte für mich einfach so dahin, doch mein Herz schlug woanders. Jetzt warte ich nicht mehr auf den Winter, denn er ist nicht mehr mit den Schafen in den Bergen unterwegs. Er ist jetzt selbst ein Herr, nicht nur der von Schafen, sondern von der ganzen Umgebung und auch mein Herr. Er stinkt nicht mehr nach Schafen, sondern hat seinen Duft. Er kommt, wann es ihm beliebt, ob bei Laubfall oder vor der Heuernte. Frisches Heu duftet sehr intensiv ...«

»Walja, ich muss jetzt die Ausländer wecken.«

»Geh nur, mein Guter, geh ... Ich habe immer nur bescheiden gelebt, konnte mich nie bei ihm bedanken. Ich habe nur eine Zeile Radieschen, die ich für ihn in unserem kleinen Gemüsegarten anbaue. Mein Mann weiß ganz genau, dass das Kakutz' Zeile ist. Radieschen mag er über alles.«

»Ich weiß, habe ihm auch schon welche mitgebracht. Zeitungen für Thoma und Radieschen für Kakutsa.«

»In diesem Land gibt es so viel wunderbares Obst und Gemüse. Wieso ausgerechnet Radieschen? Ich glaube zu wissen, was du mir antworten wirst. Dass sich der eigensinnige Landlord von dem Verzehr dieser harmlosen Frucht eine besondere Wirkung verspricht. Dachte er vielleicht, dadurch mehr Kraft zu gewinnen? Sag mal, haben die Radieschen in der georgischen Mythologie eine symbolische Bedeutung?«

Ein wunderschöner, sonniger Morgen. Wir frühstücken auf der Veranda des Rangerquartiers. Nachdem ich mich ausgeschlafen habe, fühle ich mich wie neugeboren. Außerdem werde ich heute meine unerfüllte Mission vollenden. Ich werde den namenlosen »Soldaten des Großen Spiels«

heute Nacht zum Flughafen bringen und nach Hause schicken. Tiflis–Istanbul–Heathrow ... Cool!

»Ich glaube das mit der Mythologie nicht, Sir. Die Menschen setzen sich hin und wieder etwas in den Kopf. Etwas, was ihnen gefällt, und wenn es nur Radieschen sind.«

»Natürlich, du hast absolut recht! Hm, du hast mir die eigenen Spielregeln aufgehalst. So einem erfahrenen Mann wie mir hätte das nicht passieren dürfen. Trotzdem konntest du mich in deine banale Geschichte verstricken, die immer mehr einem Krimi gleicht.«

»Eher einem Puzzle, Sir. Ich muss nur noch zwei Teile einsetzen, um das endgültige Bild zu erhalten. Ein Teil wartet im Hause des einäugigen Ahmed auf uns. Und das andere am Flughafen in Tiflis.«

»Ahmed, hast du gewusst, dass Thoma Kakutsas Bruder ist?«

Bis ich ihm diese Frage stellte, war fast ein Jahr vergangen. Wir kreisten beide auf unseren eigenen Bahnen, bis sich unsere Wege im Oktober wieder im fünften Quadranten kreuzten. Ahmed war von den Sommerweiden zurückgekehrt und ich aus Berlin, wo ich im Juni gewesen war. Nur schien mir im Oktober, dass alles viel weiter zurücklag, was ich im Mai erlebt hatte.

Immer wenn ich im Juni aus der Mietwohnung auf den Balkon trat, konnte ich beim Rauchen meine zwei Nachbarn, eine junge Frau und einen jungen Mann, beobachten. Ihr Fenster war von meinem Balkon aus sehr gut zu sehen.

Sie hatten in einem einzigen Raum so etwas wie ein Büro eingerichtet und arbeiteten tagelang jeder an seinem Computer. Beide saßen, einander den Rücken zugekehrt, in entgegengesetzten Zimmerecken. Es war eine Wonne, die jungen Leute zu beliebiger Tageszeit zu beobachten. Sie hämmerten unentwegt auf ihrer Tastatur herum. Das Beobachten ist ja an sich harmlos, aber mich macht das immer ganz hungrig. Wer wird sich schon in Deutschland über Arbeitselan wundern, aber die zwei arbeiteten so innig, irgendwie anders. Das Zimmer war vollkommen ihren Bedürfnissen entsprechend eingerichtet. Sie hatten ihre Arbeit und einander. Ich habe sie nie in den Innenhof runterkommen sehen; dort, wo mein Fahrrad, das am Baum angebunden war, auf dem Zaum herumkaute und ungeduldig mit den Hufen scharrte. Scheinbar hatten sie nicht mal Müll, der zu leeren war. Ich beobachtete sie immer wieder durch das Fenster und sinnierte darüber nach, was sie wohl zu schreiben hatten.

»Diese Schafe gehören Thoma.« Die eine Hälfte der Herde gehörte Thoma und die andere Kakutsa. Nur mochte sie Thoma nicht haben. Er wollte seinen Teil weder verkaufen und einen Gewinn erzielen noch behalten, um ihn zu vermehren und später noch mehr Gewinn zu machen. Thoma sagte: »Ich will nur einen Schaukelstuhl.«

Ahmed musste es wissen. Er war unter all den Schäfern – den Georgiern und Aserbaidschanern – der einzige, der im »Mschawanadse«-Haus ein und aus ging und mit dessen zwei Bewohnern etwas gemeinsam hatte. Ich hatte ihn schon mal beobachtet und gestaunt, wie er sich stundenlang mit Thoma unterhielt. »Mein Freund Thoma«, sagte er immer. Mit Kakutsa verbindet ihn auch etwas. Es ist keine enge Freundschaft, aber Kakutsa hat ihn immer schon als Mensch geschätzt. Er sprach viel mit ihm, hielt sich bei ihm auf und fragte ihn sogar nach seiner Familie. Der einäugige Oberhirte spielte den Mittler zwischen den anderen Hirten und Kakutsa. Er teilte nicht nur die Not und Bedürfnisse seiner Herde mit, sondern auch die der anderen Hirten. Wie ein einäugiger Gott, der in diesem einfachen Kosmos mit einem Gravitationszentrum, der Umlaufbahn und den darauf verstreuten Schafquartieren herrschte. Wer sonst hätte es wissen können, wenn nicht er?

»Sie sind also wirklich Brüder?«

»Sie sind es und sind es nicht. Ach, das ist eine lange Geschichte, mein Freund! Thoma stammt nicht von hier. Er stammt zwar aus Ostgeorgien, aber nicht aus der Kisikigegend. Hast du schon mal was von Dschigriani gehört? Von den Pfirsichen aus Dschigriani? Ich kenne sie vom Hörensagen, habe aber noch nie einen probiert, mein Freund! Wenn das Schaf in die Berge geht, gibt's noch keine Pfirsiche, und nach unserer Rückkehr ins Tal ist es schon aus mit den Pfirsichen. Aber man hört immer wieder von den Dschigriani-Pfirsichen, den Dschigriani-Pfirsichen ...

Einmal kam die Schafherde von Kakutsas Vater in die Dschigriani-Pfirsichplantage. Kakutsa war noch ein kleiner Bub und nicht dabei. Das ist sehr lange her. Kakutsas Vater sah, wie die Dschigriani-Männer ein kleines Kind gefangen hielten und quälten. Sie tauchten es immer wieder in die Kreolinlauge, in der die Schafe gebadet werden, bevor sie in die Berge ziehen. Sie quälten das Kind damit. Es war besonders hässlich. Ein hässliches Kind, eben ein Schaitan! Kaum wollte es raus, schubsten sie es wieder hinein. Dieses Kind war Thoma. Die Dschigriani-Männer lachten und drückten es mit einem Stock immer wieder in das Kreolinbassin. Kakutsas Vater fragte, wem das Kind gehöre, wo seine Eltern seien und warum sie es quälten. Die Dschigriani-Männer meinten, er solle sich zum Teufel scheren und sich um seine Schafe kümmern, es gehe ihn nichts an. Kakutsas Vater war aber genau so wie er selbst. Er warf die Dschigriani-Männer allesamt in das Bassin, holte das Kind heraus und fragte im Dorf bei den Dschigriani-Frauen nach, wem es gehöre. In Oghra lebte eine völlig irre Frau. Die Männer gingen bei ihr ein und aus. Das Kind war zwar nicht obdachlos, aber bei der Mutter wie ein Waisenkind. Kakutsas Vater ging also zu dieser Frau und fragte, ob sie das Kind behalten wolle. Wenn nicht, würde er es mitnehmen. Die Frau sagte: ›Halal, nimm es mit, Gott sei mit euch!‹ Also nahm Kakutsas Vater Thoma mit nach Hause und sagte Kakutsa: ›Das ist dein Bruder.‹ Und zu seinem Weib: ›Das ist mein Sohn!‹ Er selbst kehrte um und holte die Schafherde am Pass ein. Im Herbst besuchte das Kind schon die Schule. Keiner schlug ihn und keiner warf ihn mehr ins Bassin. Alle fürchteten Kakutsa. Denn Kakutsa war wie sein Vater. Er sagte: ›Das ist mein Bruder, Kardeş, und basta!‹

Du brauchst mich alten Mann nicht mehr zu fotografieren. Nimm doch lieber mein Enkelkind Atagescha auf. Oder meine Schwiegertochter. Leg endlich den Apparat weg, trink deinen Tee und iss Halwa. Wozu brauchst du denn so viele Fotos von einem einäugigen Alten?!

Thoma ist also dort aufgewachsen und hat nie vergessen, dass Kakutsa sein Bruder ist und sein Vater ihn mitgenommen und gesagt hat: ›Das ist mein Sohn!‹ Er liebte seinen Bruder und Vater über alles. Kakutsas Vater hatte einen Schimmel, den ihm ein Kisti gestohlen hat. Die Kisti sind Pferdediebe. Sie stehlen Pferde, um sich einen Namen zu machen. Die Kisti können nicht anders leben, ohne Pferdediebstahl. Kakutsas Vater hatte ein besonderes Pferd, und Kakutsa wollte es dem Dieb vergelten. Er wusste, wer es war. Sein Vater hielt ihn aber davon ab, da die Kisti waghalsig sind. Sie fürchten sich weder vor Kugeln noch vor der Polizei und würden auf ihn schießen. Er habe schließlich nur einen Sohn. Kaum hatte er das ausgesprochen, tat es ihm sehr leid, denn Thoma saß gleich daneben. Thoma machte sich heimlich davon. Er ging in das Dorf der Kisti zum Pferdedieb und verlangte das Pferd seines Vaters zurück! Der Kisti musste lachen. Dieser kleine Mann, so hässlich wie ein Schaitan, kam einfach daher und wollte das Pferd zurückhaben. Auch die anderen Kistis waren gekommen und lachten ihn aus. Thoma steckte die Hand in die Tasche und holte eine Granate heraus. Er zog mit den Zähnen am Ring und schrie: ›Gib das Pferd meines Vaters zurück oder Thoma stirbt und ihr mit ihm!‹ Die Kisti verstummten. Dann sagte der Mann: ›Nimm dir das Pferd! Halal! Du bist ein wahrer

Mann, sag deinem Vater, er hat einen richtigen Mann als Sohn!‹ Er ging und brachte ihm das Pferd. Thoma wartete, den Abzug der Granate zwischen den Zähnen und die Granate in der Hand. Die Kisti starrten ihn an, wie einen Janawar, einen Wolf! Die Kisti sind Wolfskinder. Thomas Zähne waren ermüdet, Thomas Hand war ermüdet, aber er wartete.

Man brachte ihm das Pferd. Thoma führte es vom Hof. Er schob den Abzugsring wieder in die Granate und steckte sie sich in die Tasche. Dann schwang er sich aufs Pferd und ritt durch das Dorf der Kisti.

Sie schießen mir bestimmt in den Rücken. Aber nein, sie schossen nicht! Er brachte das Tier seinem Vater und sagte: ›Hier ist dein Pferd!‹ Und dieser zu ihm: ›Ach, mein Sohn, mein Sohn!‹«

»Bravo, das ist sogar noch mehr als nur ein Krimi! Das ist fast ein Abenteuerroman, ein heroisches Poem, ich muss an Kiplings ›Ballade von Ost und West‹ denken. Wenn du dich erinnerst, beginnt die Geschichte auch mit einem Pferdediebstahl.«

»Ja, ich erinnere mich, und vielleicht ähneln sie sich wirklich ... Geschichten wiederholen sich ja. Bei Kipling selbst heißt es: Alles, was war, hat es schon gegeben. Alles, was sein wird, ist die Wiederkehr der vergessenen Zeiten. Die Geschichten wiederholen sich, und wir wandeln auf Kreisen, die uns jemand vorgezeichnet hat. Auch Thoma hatte seinen Kreis ...«

»Ich hab einen Bro in Dschigriani. Wann immer ich mit dem Schaf auf und ab gehe, mache ich kurz halt und grüße ihn. Ein guter Mann ist er, gastfreundlich. Sein Haus steht gleich am Wegrand und wenn er da ist, kommt er sofort raus. Ist er nicht da, grüß ich seine Frau und lasse ihrem Mann alles Gute von Ahmed ausrichten. Im Frühjahr komme ich dann wieder am Haus dieses gastfreundlichen Mannes vorbei. Ich will aber nichts von ihm, nur einen Gruß, damit er weiß, Ahmed lebt noch! Vor fünf, sechs, sieben Jahren bin ich bei ihm vorbeigekommen, und er war da. Er freute sich wie ein echter Kachetier über meinen Besuch. ›Hey, Ahmed, komm doch rein, lass uns zusammen essen und jeder einen Liter Wein trinken!‹ ›Nein, nein, kein Essen, das Schaf läuft mir davon!‹ Ich wollte ja nur grüßen. ›Dann gebe ich dir meinen *Tschatscha* mit, hausgebrannten *Tschatscha*‹, meint er. ›Oben in den Bergen ist es kalt. Du trinkst meinen *Tschatscha* und wärmst dich auf.‹ Ich sage: ›Iachschi, gib ihn mir mit.‹ Er geht also in den Keller, um den *Tschatscha* zu holen, und was sehe ich da?

Auf der Landstraße, wo unsere Schafe langgehen, kommt Thoma daher, verfolgt von einer Kinderschar aus Dschigriani, die ihn mit Steinen bewirft.

Da kommt der Bruder meines Herrn daher, mein Bro, fast schon mein Herr, weil die Hälfte der Schafe ihm gehört. Thoma sagt zwar, er wolle die Schafe nicht, aber Kakuza meint, sie gehörten ihm auch. Er kommt daher und wird von den Kindern wie ein Lump beworfen. Ich denke, ich sehe nicht recht, aber er kommt näher und es ist tatsächlich

Thoma. Herrje, ich nehme die Peitsche und versuche den Kindern Angst zu machen. ›Hü hott! Was ist los, Thoma?‹ Er tut, als wenn nichts los sei, als kenne er Ahmed gar nicht, geht einfach vorbei und die Kinder ihm hinterher ...

Da kommt mein Freund wieder heraus und fragt, woher ich diesen Mann kenne. Das sei ein Irrer, ein Landstreicher ... ein Schwachsinniger. Ich sage ihm, das sei der Bruder meines Herrn, der Besitzer dieser Schafe. Mein Freund lacht wie verrückt. ›Bist du alt geworden, Ahmed, oder hast du zu viel getrunken? Das ist ein verrückter Lump, zieh lieber weiter in die Berge. Wenn du frierst, trinkst du den guten *Tschatscha*, den ich ich dir mitgebe, und denkst an mich.‹«

»Habe ich richtig verstanden, dass Ahmed ihn im selben Ort gesehen hat, aus dem ihn sein Ziehvater mitgebracht hat?«

»Ja, genau im selben Ort, an den er jahrelang immer wieder zurückgekehrt ist ...«

»Ich weiß, in diesem Dorf drohten die Mütter ihre Kinder mit dem verrückten Thoma, wenn sie nicht einschlafen wollten! Dann wuchsen die Kinder heran und bewarfen ihn mit Steinen, hatten aber immer noch Angst.«

Wir sitzen mit Radscheba am Flughafenparkplatz in seinem Auto. Schon bald dämmert der Tifliser Sommermorgen, während wir uns unterhalten. In Tiflis landen ja alle Flugzeuge zu den unmöglichsten Zeiten.

»Er ist immer wieder dorthin gegangen, wenn nicht jedes Jahr, dann alle zwei Jahre. Und er ist immer zu Fuß gelaufen. Keiner hat ihn jemals einen Bus oder eine Marschrutka benützen sehen. Dort ging er im ganzen Ort auf und ab, bis zu dem leeren Haus, wo seine Mutter früher lebte. Sie war verschwunden und keiner wusste, ob sie noch lebte oder nicht. Jetzt lebt sie bestimmt nicht mehr, aber damals war sie weggezogen, kurz nachdem sie Thoma weggegeben hatte. Er ging trotzdem immer wieder dorthin. Kannst du dich daran erinnern, als wir ihn ein- oder zweimal nicht bei Kakutsa am Iori-Tal angetroffen haben und nach ihm fragten? Er brüllte irgendetwas. Thoma war wieder mal dorthin gegangen. Woanders ging er nicht hin, nur in sein Dorf. Dort hielten ihn alle für verrückt. Mit der Zeit konnten sich immer weniger Leute daran erinnern, wer er in Wirklichkeit war. Nur einen Namen hatte man ihm verpasst, der verrückte Thoma. Manchmal hat man gesehen, wie er im Pfirsichgarten schlief. Vielleicht hat er sich verrückt gestellt? So konnte ihn keiner fragen, wer er war und woher er kam.«

»Und das hat dir alles Kakutsa erzählt?«

»Ja, und er fragte auch nach dir, als ich allein zum Begräbnis kam.«

»Und ich dachte, er würde sich nicht mal an unsere Namen erinnern.«

»Ich auch, aber er hat lange mit mir gesprochen. Man spürt ja, wenn sich einer etwas von der Seele reden will und man nur zuhören soll. Er tat mir leid! Er hat ihn immer ausgeschimpft, weil er dorthin gegangen ist! Thoma war stur und schließlich hatte es Kakutsa satt, mit ihm darüber zu streiten. Er hat es Thoma immer angesehen, wenn er traurig war und seine flehenden Augen zu verstecken versuchte.

Er sollte ihn gehen lassen. Als ob er sein Herr wäre und er bei ihm angekettet! Dann geh doch zum Teufel, ich brauche dich hier nicht. Lass dich doch wenigsten bis zur Bezirksstadt fahren, aber nein! Thoma nahm sich einen Sack mit Käse und Brot und machte sich auf den Weg. Wer weiß, ob er es tatsächlich zu Fuß schaffte. Nach zwei Wochen war er dann immer zurück. Länger ist er nie weg gewesen.«

Der Mann mit dem Sack. Meine Oma hat mir immer Angst gemacht: Schlaf ein, sonst kommt der schwarze Mann mit dem Sack. Es gibt wohl überall einen schwarzen Mann mit einem Sack. Für das Dschigriani-Dorf war es unser Thoma.

Man sollte das ganze Dorf niederbrennen. Kakutsa schrie und drohte mit der Faust seinem blöden Sohn, dem König. Als ich dort war, fragte er Kakutsa, warum er von Thomas Tod niemandem in Dschigriani Bescheid gab. Vielleicht gab es ja im Dorf jemanden, der mit ihm verwandt war. Kakutsa aber fuhr ihn an, dass das ganze Dorf abgefackelt werden sollte! Nur dass er selbst nichts mehr abbrennen konnte, eher hatte man ihm alles abgefackelt. Er ist sehr alt geworden.

»Wie so ein Mann so gebrechlich werden konnte ...«

»Ja, verdammt blöd.«

»Die Pfirsichgärten gehen mir nicht aus dem Sinn. Die Pfirsiche haben eine viel kürzere Lebensdauer als der Mensch. Ein fünfzehn Jahre alter Pfirsichbaum ist schon sehr alt und reif zum Fällen. Thoma traf in den Pfirsichgärten keinen der Seinigen mehr an. Trotzdem fühlte er sich dort besser und schlief eben an diesem Ort. Er legte sich immer direkt auf den Boden. Und das Haus am Rande des Dorfes war nicht mal ein Haus, sondern eine armselige Hütte. Den Gemüsegarten hatte sich schon längst jemand angeeignet, um Knoblauch anzupflanzen. Zuerst stürzte bei der Hütte das Ziegeldach ein, dann bekamen die Wände Risse. Wenn es drinnen noch etwas zum Stehlen gab, hatte man es schon längst entwendet. Was hätte es schon noch gegeben? Sicher nichts Besonderes, vielleicht ein oder zwei alte Fotos von seinen Vorfahren an der Wand. Außer den kahlen Wänden und den alten Fotos mit den ausgekratzten Augen gab es dort nichts mehr, was ihn an seine Kindheit erinnern konnte. Und was war das schon für eine Kindheit? Was hatte er dort für gute Erinnerungen? Was hatte er dort verloren, wo man ihn mit Steinen beworfen und den Kindern mit ihm Angst eingejagt hat? Die im Brombeergebüsch und in Brennneseln versunkene, heruntergekommene Hütte und der kleine Mann mit dem Sack davor. Der verrückte Thoma vor den Ruinen seines Hauses.«

»Und wir? Was wird aus uns?«

»Ich hab es mir auch schon überlegt.« Wir rasen mit Radscheba schon auf der Hauptstraße entlang.

»Ich kehre nach Hause zurück. Wir müssen das Iori-Tal durch die Waschlowani-Gegend ersetzen. Zwar kann man das Iori-Tal durch nichts anderes ersetzen, aber trotzdem. Es ist auch eine halbtrockene Wüstenzone. Noch ist es zu zeitig, aber wir müssen uns gut für das Frühjahr vorbereiten. Mir schreiben schon viele Leute. Für Ende August und

Anfang September gibt es auch schon Anfragen. Ein, zwei Gruppen scheinen richtig gut zu sein. Sie fragen hauptsächlich nach Touren in Adschara.«

»Zur Migrationszeit?«

»Ja, solange die Vögel fliegen, wird es uns nicht am Nötigsten fehlen. Ein Engländer schreibt, dass er Ende September kommen will. Er will eine große Tour – nach Adschara, Kasbegi, Dschawacheti und vielleicht auch nach Waschlowani buchen. Seiner Korrespondenz nach scheint er ein etwas seltsamer Mann zu sein. Noch dazu kommt er allein und das bringt nicht so viel ein. Ich habe ihm noch nicht geantwortet. Ich habe auf dich gewartet. Wenn es sich für dich lohnt, leite ich dir seine Mails weiter und du könntest die Tour übernehmen.«

»Und warum willst du ihn nicht haben?«

»Zu der Zeit sollte ich lieber in Tiflis sein. Hast du vergessen? Tako entbindet Anfang Oktober.«

»Ich habe trotzdem nicht ganz verstanden, was mit Thoma passiert ist und warum das Haus abgebrannt ist«, fragt mich der Engländer. »Wenn es noch heißes Wasser gibt, trinke ich mit Vergnügen noch einen Tee. Also, was ist im Juni passiert?«

So ein ausgedehntes Frühstück hatten wir schon seit Tagen nicht mehr. Wir haben es nicht eilig.

»Er wurde umgebracht. Der wüstenfarbene Soldat hat ihn umgebracht, Levanteotter, Palanga oder Tarantel. Keiner weiß, wie der Brand ausgebrochen ist. Im Fernsehen heißt es in solchen Fällen, dass noch ermittelt wird. Vielleicht hat man es bereits ermittelt. Entweder hatte der Soldat eine Kugel im Maschinengewehr, die das Feuer entfacht hat, oder er traf den Benzinkanister, der explodierte. Ich weiß es nicht.

Zwar leerte der Soldat eine ganze Batterie, aber Thoma wurde nur von einer Kugel getroffen. Sicher wurde er davon sofort tödlich verletzt. Der Soldat hat auch auf das Haus und auf alles ringsum geschossen. Erst als sein Maschinengewehr leer war, rannte er zu seinem tarnfarben lackierten Jeep, der hinter dem Hügel versteckt stand.

Zwei Wochen zuvor hatte es am Eingangsposten des fünften Quadranten eine Wachablösung gegeben. Man hatte neue Soldaten eingestellt. Auch dieser Soldat war unter ihnen, ein als Waisenkind aufgewachsener Junge, der als Freiwilliger in der Grenzarmee diente. Vom Land gehen viele in die Armee. Es ist für sie eine Chance, der Realität zu entkommen – der Armut, dem Herumhängen und dem tristen Alltag. Die Dörfer sind voller junger Männer, die davon träumen, in den Irak oder nach Afghanistan zu kommen.«

»Eure Friedenstruppen haben sich sowohl hier als auch dort bestens bewährt. Die Berichte habe ich schon mal gelesen.«

»Das glaub ich. Und wer das überlebt hat, war nach seiner Rückkehr nicht mehr von der Familie abhängig, heiratete und konnte sich einen Opel Vectra leisten. Das war nicht weit weg von der Realität der sie entkommen wollten, aber wenigstens einen Schritt weiter. Ohne den Einsatz hätten sie weder ein eigenes Heim noch einen Wagen oder eine Ehefrau.«

»Du denkst also, dass die Beteiligung der Georgier an Friedensmissionen eine Fehlentscheidung ist?«

»Ich denke, dass die Motivation der meisten, die dort dienen, das Entkommen aus der Armut ist und nicht der Kampf gegen den internationalen Terrorismus und die Verteidigung der Demokratie. Thomas Mörder, der nie mehr nach Afghanistan kommen wird, hatte sicher noch andere Gründe. Die wüstenfarbene Uniform und die Waffen haben ganz bestimmt sein Selbstbewusstsein gestärkt. Ohne einen Vater aufzuwachsen ist schwer, noch dazu, wenn man von klein auf als ›Bastard‹ beschimpft wird. Er wurde ganz bestimmt beschimpft, denn man hasste seinen Vater auch nach dessen Tod und man fürchtete ihn im Leben wie die Pest. Der Vater von Thomas Mörder war einer der singenden Banditen.«

»Den Kakutsa getötet hat?«

»Jawohl. Er hat sich für seinen Vater gerächt, für einen Vater, der ihn nie gekannt hat und vielleicht so gestorben ist, dass er nichts von seinem Sohn wusste. Ich fürchte, dass Rache und Vergeltung mitunter die wichtigsten Triebkräfte der Menschheit sind. Ich meine nicht unbedingt die blutige Vendetta. Aber ich habe noch nie im Leben eine Rache erlebt, die so unbesonnen und unüberlegt war. Er wurde zufällig in den fünften Quadranten versetzt. Und er erfuhr rein zufällig, wer sich auf der anderen Seite des Dammes ganz in seiner Nachbarschaft befand. Vielleicht hat er ja diesen Zufall und sein Schicksal verdammt, aber er sann auf Rache. In den zwei Wochen, die er am Posten verbrachte, hat er Kakutsa ganz sicher gesehen und ihn wohl schwer mit Thoma verwechseln können. Das war kein geplanter Mord oder zumindest so geplant, dass er nicht vollbracht werden sollte. Er hatte in allem Pech. Seinem Vater glich er jedenfalls nicht. Ich habe keine Ahnung, was im Kopf dieses Mannes vor sich gegangen ist, aber ich vermute, er wollte von jemandem aufgehalten werden. Dass jemand sein Verschwinden, das Fehlen der Waffe oder des Wagens bemerkte. Ich weiß nicht, was passiert ist, nur dass man wegen des Zwischenfalls die gesamte Obrigkeit der Grenzzone zur Rechenschaft gezogen hat. Richtig so, denn sie hatten einige Stunden, um das Verschwinden eines Soldaten, der Waffe und des Fahrzeugs zu bemerken. Der Soldat hatte einige Stunden auf dem Dach des »Mschawanadse«-Hauses auf der Lauer gelegen. Die Hunde hatten seine Nähe gespürt und die ganze Zeit gebellt. Das Schicksal wollte es, dass Thoma sie in der Nacht zuvor alle angebunden hatte. Die Hündin war läufig und die Rüden hatten wegen ihr gekämpft. Damit hat man sich auch ihr ununterbrochenes Bellen erklärt. Endlich dämmerte der Morgen und der verzweifelte Soldat schoss auf den Ersten, der aus der Hütte trat. Er leerte eine ganze Ladung auf sein Schicksal, sein Waisendasein, sein Bastarddasein und seinen Erzeuger. Er schoss mit einem Mal auf alles, hinterließ den Brand, die Leiche und verblieb ganz allein mit seiner Angst.

Sehr bald wurde er gefasst. Kakutsa hätte ihn verfolgen

und mit seiner kurzen Winchester mühelos erlegen können, aber er war mit dem toten Thoma zum Kreiskrankenhaus unterwegs. Er hatte ganze fünfundvierzig Kilometer vor sich, die vergebens waren. Der Soldat wurde von seinen Leuten verfolgt. Sofort wurde an alle Posten weitergegeben, dass der Mörder einen Jeep und eine Waffe entwendet hatte. Nur erhofften sie sich eine längere und gefährlichere Jagd als die, zu der es kam. Den Jeep, die Knarre, die Schutzweste und sogar die Uniform fanden sie unterwegs eines nach dem anderen, als ob der Flüchtige es kaum erwarten konnte, sich seiner Sachen zu entledigen. Sie begriffen, dass er zum Kloster unterwegs war, und hofften, ihn noch vorher zu erwischen. Sie hatten nämlich keine Ahnung, was sie hätten machen können, wenn er ins Kloster geflüchtet wäre. Sie hatten Glück und fassten ihn kurz davor und dankten Gott, keine Sünde begehen zu müssen. Der Soldat trug nur noch seine Tarnhose. Er hatte seine Stiefel ausgezogen und trug auch oben nichts, sodass er wieder dem Bauernbub glich, der als Waisenkind auf dem Land aufgewachsen war ...

Im Iori-Tal war alles abgebrannt, es herrschte eine schreckliche Dürre. Seit Mai war kein Tropfen Regen gefallen. Das Feuer ging vom Haus auf das Gras über, vom Gras auf die Bungalows und von dort wieder auf das Gras und die Büsche. Auch die angeketteten Hunde sind darin verbrannt. Es war ein schrecklicher Anblick. Der Wind hat das Feuer bis zum Iori-Fluss hinunter verbreitet. Die Auen mit den Schwarzfrancolinen- und Adlernestern gibt es auch nicht mehr. Es ist alles vernichtet.«

»Ich möchte mir diesen Ort gern ansehen.«

»Dort gibt es keine Vögel mehr, Sir.«

»Ich weiß, dass unsere Reise bald zu Ende ist, und du bist nicht verpflichtet, mich dort hinzuführen, aber wie ich verstehe, ist der Ort gar nicht so weit weg von hier.«

»Das ist ein winziges Land ...«

»Ich würde mir sehr gern die verbrannte Landschaft anschauen.«

»Wollen Sie prüfen, ob ich mir das alles nur ausgedacht habe?«

»Das kann ich sowieso nie ganz nachprüfen, aber den Ort würde ich schon gern sehen. Ich kann für dich zusätzlich tanken. Das macht mich nicht arm. Du warst doch nach dem Brand auch nicht mehr dort, hab ich recht?«

»Jawohl, das stimmt.«

»Das habe ich mir gedacht. Lass uns hinfahren und nachsehen. Das müsste doch sogar für dich wichtiger sein als für mich. Sonst hättest du nicht so viel davon erzählt. Diese Geschichte muss ein Ende haben.«

Wir machen uns also auf den Weg. Einfach so, aus Lust und Laune des Engländers. Wir packen geschwind und fahren los. Seinen Sprit brauche ich nicht, das mache ich so. Wir werden einige Stunden zusätzlich über die Weiden rattern, überall, wo Schafe unterwegs sind. Sie sind von den Sommerweiden auf dem Heimweg in ihr Winterquartier. Hin und wieder behindern uns die Herden, und der Engländer fotografiert aus dem offenen Fenster des Land Rovers die Schäfer und Schafe, die Saumpferde und Schäferhunde.

Das sei schön, meint er dazu. Vielleicht treffen wir auf den einäugigen Ahmed und seine Schafe, auf Thomas und Kakutsas Schafe, die jetzt einen neuen Besitzer haben. Kakutsa verkaufte sein bewegliches Eigentum im Ganzen, als es noch in den Bergen war. Der einäugige Berater muss, wenn er ins Tal kommt, einen neuen Besitzer, neue Stellen und Weiden aufsuchen. Es wird sicher nicht so schwer sein.

Da wir nun nicht mehr der Vögel wegen unterwegs sind, denken wir nicht mehr an sie. Aber sie sind ja nicht allesamt ausgestorben oder weggezogen! Es gibt sie immer noch um uns herum, wie gestern und vorgestern, nur dass wir ihnen keine Beachtung schenken. Ich fahre nicht langsam, und der Engländer hält auch nicht mehr nach ihnen Ausschau. Es ist Schluss mit den Vögeln, jetzt sind wir einem Menschen auf der Spur und wollen sein abgebranntes Hab und Gut sehen.

Die Geschichte müsse ein Ende haben?! Wenn es ein Ausflug ist, dann soll es ein Ausflug sein!

Vor dem Kreis Dedoplistskaro fahre ich nicht in Richtung der Iori-Auen, sondern in die entgegengesetzte Richtung. Ich fahre in die Richtung von Kakutsas Dorf, das blau ausgeschildert ist und das ich schon so oft von Weitem gesehen habe. Ich bin allerdings noch nie dort gewesen. Es sind nur zwanzig Minuten bis dorthin, das Land ist wirklich winzig, nur ein Katzensprung! Ich halte im Dorf an und steige zum Rauchen aus. Kakutsas Haus erkenne ich am Ausmaß und an dem komisch-eklektischen Stil. Es hängt wie ein riesiges, hässliches und lebloses Gespenst über dem Dorf. Sein Besitzer, der selbst einem Gespenst gleicht, schleicht durch die Zimmer und hat sich für immer in seiner Festung verschanzt. Vielleicht steht er am Fenster und beobachtet meinen weißen Land Rover, an den sich zwei Männer gelehnt haben. Vielleicht hat er mich sogar erkannt oder wenigstens mein Auto. Man sagt, er verlasse seit Thomas Tod nicht mehr das Haus.

»Ist das sein Haus?« Der Engländer errät es, auch ohne zu fragen. Er hat ein ganz besonderes Auge dafür.

Ich nicke nur.

Ein junger Mann kommt die Dorfstraße entlang. Es sind auch andere Leute unterwegs, aber dieser ist so herausgeputzt und gekämmt, dass es einem sofort auffällt. Noch bevor er sich uns nähert, mich anspricht und um eine Zigarette bittet, erkenne ich an seinem sonderbar schleppenden Gang und dem müden Gesichtsausdruck, wer das sein mag.

»Du weißt bestimmt, wessen Sohn ich bin?« Er fragt mich, während ich ihm die Zigarette anzünde.

»Ich weiß, natürlich weiß ich das ...«

Herausgeputzt wie ein kleiner Junge schleppt er seine Beine mühevoll den Dorfweg entlang und ist mit meiner Antwort zufrieden. Er ist wie ein kleines Kind, das sich in den Weinkeller schleicht, um Walnussmarmelade zu stehlen, und sich unter dem Tisch versteckt. Er versteckt sich nicht aus Furcht. Das ist eher ein Versteckspiel, wenn sich das Kind aus Spaß unter dem Tisch verkriecht und einen Streich spielt. »Na, was machst du denn hier, du Bengel«, wird ihn der Vater schelten und ihn auf den Schoß nehmen. Nur dass die lange, weiße Tischdecke ein schönes Versteck ist und er sich nicht beeilt. Unter dem Tisch ist es irgendwie gemütlich und angenehm. Er versteht alles und wird selbst nicht gesehen. Er hört jedes Wort, das der Vater und die Gäste sagen, er sieht ihre Beine und auch den Schaft der Maschinengewehre auf den Knien der Gäste liegen. So nahe hat er noch keine Waffen gesehen. Die sind gar nicht so gefährlich, ganz nahe, fast vor seiner Nase. Er kann sie sogar anfassen.

»Lasst uns gehen, hier haben wir nichts mehr zu suchen.«

Jetzt nickt mir der Engländer zu und setzt sich, ohne ein Wort zu sagen, ins Auto. Es scheint, wir sind einer Meinung, dass wir uns ohne ein Wort verstehen. Plötzlich packt mich die Wut. Diese Einigkeit kann ich gar nicht gebrauchen, aber ich halte es aus. Es dauert nicht mehr lange, wir werden noch heute am Flughafen sein.

Wieder die Landstraße, wieder die Schafe. Ein Fohlen springt vor den Minibus, der vor uns fährt. Es gibt nichts Dümmeres als die Fohlen, die so verschreckt über die Straße rennen. Sieht man ein Fohlen auf dem Weg, sollte man langsamer fahren und aufpassen. Der Busfahrer schafft es, das Lenkrad herumzureißen, streift das Fohlen aber dennoch leicht, tut allerdings, als ob nichts passiert wäre und es keinen Aufprall gegeben hätte. Der Minibus fährt einfach weiter, ohne die Geschwindigkeit zu mindern. Das Fohlen sitzt keuchend und irgendwie komisch, wie ein Hund, auf der Landstraße. Seine Hinterbeine sind gebrochen, es ist für immer verletzt. Ein Hirte reitet fluchend und seinen Stock schwenkend auf seiner Stute den Berg hinab. Eine Sekunde und auch wir passieren die Stelle, ohne langsamer zu fahren. Wie oft habe ich aus meinem Land Rover dergleichen Szenen beobachtet.

Ich biege wieder von der Landstraße ab, diesmal in Richtung der Iori-Auen. Von der Abbiegung habe ich bis zu dem Ort immer länger gebraucht, manchmal auch bis zu drei Stunden. Besonders im Frühjahr, wenn hinter jedem Busch und Stein etwas saß und sich etwas ereignet hat. Ohne die Vögel ist die Strecke sehr kurz. Nach nicht mal einer Stunde zeige ich dem Engländer durch das Fernglas das Kloster am Fuße des Makratela-Höhenzugs. Wir sind schon in Kakutsas ehemaligem Revier. Auf dem Papier, das in irgendeinem Archiv aufbewahrt wird, gehört es immer noch Kakutsa, bis in die Ewigkeit, bis die gesetzlich zugesicherten neunundneunzig Jahre um sind.

Wir treffen an seinem ehemaligen Quartier Leute an. Zwischen die sandfarbenen Uniformen mischen sich hier und da schwarze Mönchskutten. Als ob hier alles hätte niederbrennen müssen, um die Armee und die Kirche zusammenzubringen.

Auf dem Fundament eines abgebrannten Bungalows hat man ein Holzhaus aufgestellt und die Nationalflagge gehisst. Die Uniformierten verlieren keine Zeit. Der fünfte Quadrant hat sich ausgebreitet und die Grenzeinheiten rücken immer weiter vor ins Innere des Landes. Jetzt braucht man schon einen Passierschein, um einen Fuß auf den Damm zu setzen. Wir haben keinen Passierschein und auch keinen Segen, aber Levanteotter, meinen Freund, denn ich war hier oft unterwegs. Ich liebe diesen Ort, mit dem mich viele gute und schlechte Erinnerungen verbinden. Aber du musst hier neu sein. Ich weiß, es gibt ständig Wachwechsel. Ich kannte die anderen, eure Leute – andere Levanteotter, Kreuzspinnen und Skorpione. Lasst mich bitte durch! Wir fahren kurz auf den Damm, schauen zu den Auen hinunter und gehen dann wieder. Ihr seid doch mit euren Ferngläsern, Funkgeräten und Waffen gleich zur Stelle? Ohne euch kann nicht mal ein Vogel über die Grenze kommen. Ich habe es diesem Mann versprochen, schickt uns bitte nicht zurück. Er ist ein Gast, ein guter Mann, ein Feind unserer Feinde. Also unser Freund. Es war auch sein Verdienst, dass die Sowjetunion zerfallen ist. Komm, lass uns durch, sei ein Bro!

Er lässt uns durch.

Und da, ich stoppe den Wagen mitten auf dem Damm. Dort, wo ich immer gehalten habe, wo es den besten Empfang gibt, an meiner gewohnten Stelle. Wie oft habe ich von hier aus angerufen und etwas beobachtet. Wir steigen aus, und der Engländer schleppt sein Teleskop mit. Er befestigt es am Stativ. Als ob wir darin etwas sehen könnten.

Die Auen sind zur Hälfte abgebrannt. Die andere Hälfte gibt es immer noch. Ein sonderbarer Anblick: Der Iori hat das Feuer aufgehalten. Auf einer Seite des Flusses ist alles niedergebrannt und auf der anderen ist alles so, wie es zu dieser Jahreszeit üblich ist. Von der Sonne vergilbtes, strohfarbenes Gras, leicht goldene Bäume und rot angefärbte

Sumachsträuche. Die Brandstelle ist mit lichtgrünem, neuem Gras bewachsen. Daraus ragen kohlschwarz verbrannte Baumstämme und Büsche. Vor mir breitet sich ein fremdes Land aus, das in zwei Farben, in zwei Jahreszeiten geteilt ist.

»Nun sind wir auch hier gelandet …« Der Engländer starrt durch sein Teleskop und sucht in den abgebrannten Auen stur nach etwas. »Gar nicht mal so schlimm, wie du gedacht hast. Ich bin froh, dass ich dich hierher gebracht habe.«

Ich kapiere nicht, wohin sein Gespräch führen soll, und das interessiert mich auch wenig. An diesem Ort kommen mir eine Menge Erinnerungen an Leute, die besser und interessanter waren als er, als Birdwatcher, aber auch nur als Menschen.

»Ich habe dich hierher gebracht, um dir etwas zu sagen.«

Ich spüre, dass ich es bereue, hierher gekommen zu sein. Noch dazu dass er mich hierher gebracht hat!

»Zuerst möchte ich dir danken, für die Vögel und die Geschichten, die du mir erzählt hast. Sie haben unsere Reise unvergesslich gemacht. Es fällt mir schwer, zu entscheiden, was interessanter war, das Birdwatching mit dir oder unsere Gespräche, die mir sehr fehlen werden …«

Mir wird es ein wenig leichter ums Herz. In unserem Beruf ist die Danksagung zum Abschied keine ungewöhnliche Sache. Ich höre mir das immer mit einer gewissen scheuen Würde an. *Thank you for your stories …* Was haben wir denn sonst zu bieten?! Kommen Sie wieder, Vögel und

Geschichten gibt es hier zur Genüge. Das ist ein Land der Vögel und Geschichten ...

»Da ich aber ahne, dass ich diese Chance nicht mehr bekommen werde, möchte ich dir jetzt etwas sagen. Ich will es dir sagen, weil ich dich mag. Ich habe lange nachgedacht, ob es sich überhaupt lohnt, darüber zu sprechen, und habe mich entschieden, dass es sich lohnt ...«

Jawohl, ich weiß, mit welcher Miene ich mir eine Danksagung anhören muss, aber ich habe keine Ahnung mehr, was ich für eine Miene aufsetzen muss, wenn man mich belehren will. Ich weiß auch nicht mehr, wann mir so etwas zuletzt widerfahren ist. Am Ende dieses Tages, zum Schluss unserer langen Reise, kann ich alles ertragen, nur keine Belehrungen ...

»Glaub niemals, dass du auf Kreisen wandelst, die jemand anderes gezogen hat. Vergiss den Kreis überhaupt. Geh geradeaus. Der Mensch schafft sich sein Schicksal selbst, und wir selbst sind die Schöpfer unserer Zukunft. Gib dich nicht mit der Vergangenheit ab. Was war, ist gewesen. Da stehen wir hier gemeinsam. Schau hin, sieh den Tatsachen ins Auge, der Ort ist abgebrannt?! Dann gehe geradeaus weiter und finde einen anderen. Das sage ich dir wie ein Vater seinem Sohn ...«

Zum Teufel! Also darauf läuft es jetzt hinaus ... Ich hätte nicht hierher abbiegen sollen!

»Sie sind aber nicht mein Vater. Vergessen Sie nicht, dass ich ein Birdwatcher-Guide bin und Sie mein Kunde. Es sollte nicht an der Rangordnung gerührt werden.«

Was kann ich ihm sonst noch sagen, um ihn zu stoppen? Ich könnte ihm noch sagen, dass er mir nicht leidtun wird, und das stimmt ...

»Jawohl, du darfst es mir sagen, aber ich hatte auch ein Kind ... Und ich habe immer noch ein Kind – einen Sohn. Er dient in der Kriegsmarine des Vereinigten Königreiches. Einer der Uniformierten, die du so hasst. Aber ich hatte auch eine Tochter ... Sie ist verunglückt. Sie ist im Richmond Park vom Sattel gefallen. Ihr Fuß blieb im Steigbügel hängen, und sie wurde lange von Pferd mitgeschleift. Sie war ein hübsches Mädchen, ein gutes Kind. Diese Geschichte erzähle ich sonst nie, aber dir habe ich es gesagt. Was ich zu sagen habe, will ich dir aber zu Ende sagen, weil mich in deiner Geschichte etwas sehr beunruhigt ... Vergiss die Kreise, vergiss diese Stadt, die du dir als Oase der Freiheit vorstellst. Die Freiheit ist etwas ganz anderes, die Freiheit ist der Weg zu etwas Neuem, die Möglichkeit der Wahl ...«

Also, wer wird sich denn das Recht nehmen, meinen freien Monat in Berlin in Frage zu stellen? Das geht schon nicht bei den übrigen elf Monaten, aber beim Juni verzeihe ich das keinem.

»Sie sprechen mit mir über die Wahlmöglichkeit und die Freiheit und haben selbst Ihr Leben lang nur das Spiel der anderen gespielt ...«

»Umso mehr Grund habe ich, es dir zu sagen. Wenn du das große Spiel meinst, so war es meine Wahl. Keiner hat mich dazu gezwungen, und ja, ich bereue nichts ... Du aber fährst Jahr für Jahr in die selbe Stadt, wo du dich gar nicht wohlfühlst ...«

»Entschuldigung, Sir, aber von Ihnen kann ich keine Zurechtweisung annehmen! Nicht von Ihnen! Was wissen Sie überhaupt über mich und die Freiheit? Sie ... Sie ... Wann hatten Sie das letzte Mal eine Wahl? Wann waren Sie zuletzt frei? In der Jugend? In Algier?! Das glaube ich nicht! Dort hatten Sie auch keine Wahl mehr, auch in Ihrem Algier waren Sie nur ein Teil des Spieles ...«

»Was weißt du über Algier?«

»Mehr, als Sie denken. Können Sie sich an das Jahr 1965 erinnern, an den Militärputsch, von dem alle dachten, es seien nur Dreharbeiten? Sie waren zusammen mit den anderen Gästen auf dem Empfang in der Botschaft. Von der Veranda schauten Sie auf die Panzer, die durch die Straßen rollten. Vielleicht trugen Sie sogar einen Smoking und nippten an einem Cocktail. Aber Sie wussten, dass das kein Film war. Sie wussten, dass das ein Umsturz war. Habe ich recht?! Sie wussten es?!«

Ich sollte jetzt nicht hier stehen und diese Worte sagen. Ich hätte überhaupt nicht hierher abbiegen sollen! Ich bereue schon alles, was ich ihm gesagt habe, aber es ist wie immer zu spät. Was ist in mich gefahren? Was war mit mir los? Wieso hat ein so erfahrener Mann wie er nicht begriffen, dass mir seine Ehrlichkeit und sein Mitleid alles kaputt machen würden? Als ob mir erst jetzt ein Licht aufgeht und ich einen alten, schwachen Mann vor mir sehe. Er steht und starrt mich müde an, wie es nur die Alten können. Er starrt mich lange an, dann kommt er näher und legt mir seine Hand, tatsächlich wie ein Vater, auf die Schulter. Was Schlimmeres hätte er nicht tun können.

Ich halte es nicht mehr aus, wende mich von ihm ab und laufe auf dem Schotter den Damm runter. Dann bleibe ich stehen und schaue nach hinten. Von hier aus sehen er und sein Teleskop auf dem Stativ schon sehr klein aus. Ich weiß noch nicht, bis wohin ich laufen werde, aber vorerst kann ich nicht stoppen. Ich gehe bis ans Ende des Dammes und verschwinde im abgebrannten Gebüsch.

Die verbrannten Wacholderbüsche und Pistazien haben seltsam geschwungene, nackte fast erotische Formen. Hinter ihnen sind verkohlte Pappeln und Eichen. Das Gras ist auf dieser Seite sehr frisch und grellgrün. Hinter dem Iori-Fluss heufarben. Der Fluss hat den Brand gestoppt und nicht in den fünften Quadranten gelassen, obwohl ringsherum schon alles dazugehört.

Bum, bum, bum! Höre ich da ein wohlbekanntes Geräusch, das unmöglich mit etwas anderem verwechselt werden kann? Erst traue ich meinen Ohren und dann meinen Augen nicht. Bum, bum, bum! Unter dem abgebrannten Christusdorn treiben die Schildkröten ihr Liebesspiel. Bum, bum, bum! Jetzt kommt das selbe Geräusch aus einer anderen Ecke. Schon finde ich unter einem anderen abgebrannten Busch ein leidenschaftlich zusammengestoßenes Paar. Bum, bum, bum, sie sind überall, so wie im Frühjahr, und ich begreife erst jetzt, was los ist. Das frische Gras hat sie durcheinandergebracht, es hat sie getäuscht und berauscht davon denken sie, es sei Frühling. Frühjahrsspielchen im Herbst ... Dummköpfe!

Ich hole eine Zigarette aus der Tasche und setze mich ins saftige Gras. Bum, bum, bum!, höre ich von allen Seiten. Ich rauche und allmählich geht es mir besser. Dann scheint mir, dass ich ihn sehe, wie er angelaufen kommt. Ich kenne ihn nicht, aber staune nicht über sein Erscheinen. Ein von allen vergessener kleiner Mann kommt näher, nimmt seinen Sack ab, setzt sich zu mir ins Gras und flüstert mir ins Ohr:

»Luder, Luder, Luder ...«

Glossar

Aschik
wenig begüterter, umherziehender Sänger.

Chornabudschi-Festung
frühmittelalterliche Festungsstadt in Ostgeorgien. Vom 8. bis zum 13. Jahrhundert wichtiges Zentrum der feudalen Monarchie an der Ostgrenze des Landes.

Erekle II. (* 1720; † 1798)
war ein georgischer König aus der Bagratiden-Dynastie. Er regierte das Königreich Kachetien von 1744 bis 1762 und das Königreich Kartli-Kachetien von 1762 bis 1798. Besonders ergeben war ihm sein Kisikenheer, aus einer Region in Ostgeorgien. Erekle II. war bei der Bevölkerung sehr beliebt, weil er seine Truppen persönlich anführte und im Krieg zu gleichen Bedingungen wie seine Soldaten lebte. In vielen georgischen Gedichten, Liedern und Legenden werden seine Tapferkeit und sein grimmiges Schwert gerühmt.

Kisti
sind eine ethnische Minderheit in Georgien. Sie leben überwiegend im Pankissi-Tal, an der tschetschenischen Grenze in Ostgeorgien.

Leki
war im Mittelalter ein vorwiegend von dagestanischen Laken, Lesgiern und Darginern bewohntes Reich in der Kaukasusregion. Vom 16. bis zum Anfang des 19. Jahrhunderts unternahmen die dagestanischen Bergbewohner immer wieder kriegerische Überfälle, Plünderungen und Feldzüge, besonders ins östliche Georgien.

Molokanen
wörtlich übersetzt »Milchtrinker«, weil sie an den Fastentagen Milch zu sich nehmen, sind eine Gemeinschaft des spirituellen Christentums, die sich von der russisch-orthodoxen Kirche getrennt hat.

Giorgi Saakadse (* ca. 1570; † 1629)
der Große Mouravi / Seneschall, war Oberbefehlshaber des georgischen Heeres und spielte eine wichtige Rolle in der Politik des Landes Anfang des 17. Jahrhunderts.

Königin Tamar (* 1160; † 1213)
aus der Bagratiden-Dynastie war Herrscherin über das mittelalterliche Georgien, als es im Goldenen Zeitalter auf dem Höhepunkt seiner Macht stand.

Teimuras I. (* 1589; † 1663)
aus der Bagratiden-Dynastie, König von Ostgeorgien von 1605 bis 1648 und Kartli von 1625 bis 1633.

Tschatscha
Georgischer Weinbrand aus Weintraubenschalen.

Tuschen
ein georgisches Bergvolk im Kaukasus an der Grenze von Dagestan und Tschetschenien.

Wachtang I. Gorgassali (* 440; † 502)
war ein georgischer König aus der Dynastie der Chosroiden. Von 452 bis 502 herrschte er über das Königreich Iberien. Er führte einen Krieg gegen das Perserreich und gründete Tiflis, die heutige georgische Hauptstadt.